T. SAINT-FÉLIX

LA COMÉDIE

DES HOMMES ET DES CHIFFRES

AU BOIS DE BOULOGNE

La justice du peuple est lente, mais certaine.

Prix : 1 fr.

PARIS
Chez les principaux Libraires
ET
19, rue des Martyrs, 19.

LA PUBLICATION

Librairie d'Art, de Science et de Fantaisie

19, *rue des Martyrs, à Paris.*

—

La Commune, le Maire et le Conseil municipal, par T. Saint-Félix, avocat, un vol. in-8°. 3 fr.

La Sténographie sans maître, ou l'art d'écrire aussi vite que l'on parle, enseignée en dix leçons par la méthode la plus simple et la plus rationnelle, par A. Roby, sténographe officiel. 3 fr.

Proudhon expliqué par lui-même, lettres inédites du célèbre économiste, développant ses idées financières et notamment sa proposition célèbre : *La propriété, c'est le vol*. Une brochure, elzévir, complément obligé des œuvres de J. P. Proudhon. 1 fr.

Les Picrates et la Prusse : l'Invasion allemande? Nos frontières naturelles! — avec cette épigraphe : Comme la grande majorité du peuple français, je déteste ces traités de 1815, dont on veut faire aujourd'hui l'unique base de notre politique extérieure. (NAPOLÉON III.) 1 fr.

Manuel du Conseiller Municipal, contenant la *Nouvelle loi municipale* et des instructions élémentaires d'administration et de comptabilité communale, par VALETTE-LAGAVINIE, percepteur. Edition de 1869, rédigée d'après les dernières lois et les plus récents commentaires. 1 fr.

Curiosités Révolutionnaires. — Procès célèbres, publiés sur des documents de l'époque :

Marie-Antoinette devant la Convention nationale (2e édition) ; acte d'accusation, interrogatoire, audition des témoins, condamnation, exécution, — d'après l'édition de 1793 exactement reproduite, avec gravure *fac-simile* représentant *la Reine en charrette*, allant à la mort. 1 fr.

Jourgniac Saint-Méard à l'Abbaye ou son agonie de 38 heures, avec une étude de cette individualité curieuse, d'après ses propres écrits.

Quoique Jourgniac n'ait pas la notoriété de Marie-Antoinette, son procès est peut-être plus intéressant à consulter, en ce qu'il fait connaître dans ses moindres détails ce Tribunal Révolutionnaire dont les émigrés ne parlaient qu'avec terreur. *Franco.* 1 fr.

Il existe quelques exemplaires de Jourgniac, tirés sur papier de soie collé, à grandes marges, au prix de 2 fr.

L'Art de Vérifier les dates et de former les calendriers de toutes les époques, par Aimé Paris, le dernier ouvrage publié par cet esprit profond et ingénieux, brochure in-12. 0 fr. 60

Impressions de Voyage en Terre-Sainte, par F. de Saulcy, membre de l'Institut, édition illustrée, elzévir, papier teinté. L'intérêt qui s'attache à l'Orient s'augmente de la verve et de la bonne grâce du célèbre voyageur, un des esprits les plus charmants de notre époque. 3 fr. 50

Relié richement. 5 fr.

Les Songes Drôlatiques de Pantagruel, où sont contenues cent vingt figures de l'invention de maître François Rabelais, copiées en fac-simile par Jules Morel sur l'édition de 1565, pour la récréation des bons esprits, avec un texte explicatif et des notes par le Grand Jacques. On trouve à chaque page de ce merveilleux ouvrage, traduite par un crayon d'une originalité inépuisable, la verve gauloise du grand curé de Meudon.

Beau volume de 270 pages elzévir, avec titre rouge et noir sur parchemin. 3 fr.

Envoi immédiat et franco de tous ouvrages demandés par lettre affranchie, renfermant leur valeur en mandat ou timbres-poste.

T. SAINT-FÉLIX

LA COMÉDIE
DES HOMMES ET DES CHIFFRES
AU BOIS DE BOULOGNE

La justice du peuple est lente, mais certaine.

PARIS
Chez les principaux Libraires
ET
19, rue des Martyrs, 19.

DÉDICACE.

La vérité, toute la vérité
Rien que la vérité !

A Messieurs les Membres de la Commission Municipale
de la ville de Paris.

C'est sous votre haute protection, connaissant personnellement votre bon esprit de justice et d'indépendance, que nous avons placé notre modeste travail, le livrant avec confiance et sans arrière-pensée à vos sages méditations.

Heureux si nous pouvons faire pénétrer la lumière dans ces questions vitales, que trop longtemps, hélas ! la routine et l'intérêt privé de quelques privilégiés ont entouré d'épaisses ténèbres en les couvrant de leur ombre protectrice.

Nous aurons accompli notre devoir de citoyen. C'est la seule récompense que nous ambitionnons.

« Fais ce que dois, advienne que pourra. »

T. SAINT-FÉLIX.

PRÉFACE.

Dans le *Parlement* du 3 décembre de l'an de grâce 1869, aux assises tenues par le Président Panurge, Jacques Bonhomme répliquait :

— « Toute agitation naît d'une injustice ; toute résistance répond à une oppression ; toute clameur de souffrance est le résultat de quelque plaie saignante ou de quelque confusion cachée. »

Jacques Bonhomme disait vrai, et Pangloss, l'avocat satisfait, eut beau grimacer, se démener et crier, la cause de Démophage fut perdue.

Comme Jacques Bonhomme, nous nous plaignons parce que nous avons souffert. Nous écrivons ces lignes parce que nous voulons justice. — La lumière en plein dix-neuvième siècle doit être mise sur et non sous le boisseau. Dans notre cause se trouvent en petit les grands abus du pouvoir personnel et les belles prouesses de la puissance administrative protégée par l'article 75 de la constitution de l'an VIII, ce vieux mais solide paratonnerre de tous les fonctionnaires publics.

Ce sont les injustices de l'administration, qui des hommes d'ordre, de conscience et de dévouement, font en France des irréconciliables.

Vrai boa constrictor, le système administratif étouffe dans notre pays, les enveloppant dans ses replis tortueux, toutes les idées généreuses, tous les efforts nobles ou grands, toutes les conceptions libérales... Vous n'êtes pas de la boutique... Arrière ! — Vous n'appartenez pas à la coterie bureaucrate, vous n'avez pas pris racine dans ces marécages fangeux, votre front ne s'est pas incliné devant cette immobile et triste figure qui, depuis les sous-chefs de bureau jusqu'aux Préfets ou Ministres, porte nom : ADMINISTRATION ; — vous n'êtes plus qu'un contribuable taillable et corvéable à volonté.

Bienfaits inappréciables de la centralisation, cette mignonne et charmante créature du gouvernement autoritaire.

Le peuple travaille, produit, paie des impôts écrasants, dont la variété est des plus étonnantes, — et le peuple ne récolte jamais... Heureux ce pauvre et honnête travailleur, si le caprice ou le bon plaisir du conservateur d'un bois ou d'une forêt quelconque, -- valet qui s'engraisse de sa sueur journalière, — ne viennent pas lui contester son droit au soleil et lui retirer arbitrairement la faculté de faire connaître et de placer ses produits, en lui interdisant la jouissance des promenades publiques que l'on crée et que l'on entretient cependant avec son argent.

Et si le peuple se plaint, si le peuple, dans sa légitime indignation, s'emporte!.. on a des gardes nombreux, inutiles pour le bien public, mais fort bien payés, qui font excès de zèle, — et puis, *ultima ratio*, on a la police correctionnelle !!.. Jacques Bonhomme, vous devez conserver chez vous, dans l'ombre et dans l'oubli, privés d'air et de soleil, vos produits et vos enfants, au risque de perdre les uns et de voir mourir les autres. Payez vos amendes et vos contributions, taisez-vous et trouvez-vous content.

Non....

Jacques Bonhomme ne veut pas être toujours Jean Pâtiras ;— et dans un intérêt public, laissant complétement de côté tout intérêt privé, n'ayant qu'une pensée, poursuivant un seul but : — sauvegarder, s'il est possible, la bourse des contribuables des attaques réitérées de la fiscalité, — acteur forcé, mais indépendant, nous exposerons dans une série de petits opuscules, ayant successivement pour objet les *Bois de Boulogne* et de *Vincennes*, les *Champs-Elysées*, les *Buttes Chaumont*, le *Parc de Monceaux*, les *Squares* et les *Promenades publiques*,— toutes les plaintes et toutes les souffrances, dévoilant sans haine ni passion les trafics, les abus et les dépenses insensées et improductives, qui ont souvent engendré le malaise et causé parfois la ruine, traînant à leur suite la misère et la désolation.

Avant de tracer le tableau du mal, nous nous faisons un devoir d'indiquer le remède. Ce sera l'avant-propos de la Monographie que nous allons esquisser :

« Réorganisation immédiate de la Commune sur les bases
« démocratiques du suffrage universel, ayant pour point
« d'appui l'élection des maires et des conseillers municipaux
« par les citoyens, et pour levier la décentralisation et la li-
« berté de faire soi-même, pour soi et par soi, les affaires
« municipales. »

CHAPITRE Ier.

Bois de Boulogne. — Sa transformation. — Dépenses. — Entretien.

Le Bois de Boulogne est une merveilleuse folie, créée pour les fastueux caprices des privilégiés de la terre. Transformé en jardin anglais où tout vous est parcimonieusement mesuré, l'air, le soleil, l'espace et surtout la liberté d'action, — le Bois de Boulogne vaut-il mieux?... Est-il plus utile?

Des sommes énormes, même en acceptant les chiffres avoués et consignés dans le remarquable ouvrage publié par l'éminent ingénieur en chef, M. Alphand, — sommes arrachées à la bourse inépuisable, dit-on, mais non inépuisée des contribuables, — ont été jetées à profusion et sans retenue aucune dans ce Parc aristocratique. Que de millions stérilement enfouis dans les quelques hectares de terrain qui s'étendent de la Muette au pont de Suresnes, et des portes de Boulogne et de Passy aux avenues de Neuilly et de l'Impératrice!... Le percement de grandes allées pour les huit-ressorts des parvenus et de leurs tristes idoles, les fouilles et le creusement des lacs et des rivières, l'improvisation des cascades artificielles, la création superflue des routes cavalières, uniquement enfantées pour offrir aux cocodès et aux cocodettes, de tous rangs et de toutes origines, des parcours plus doux, plus faciles; l'installation du bassin de patinage, — n'avait-on pas déjà les lacs? — les constructions du tir aux pigeons et l'aménagement du jeu de cricket, le tout pour la plus grande satisfaction des Parisiens désœuvrés et des belles dames qui sont la ruine des familles avant d'être la honte de leur sexe, — tout ce luxe inutile qui empiète audacieusement sur la promenade des pères de famille et les besoins du peuple, car les gardes sont là pour arrêter les voitures du Travail et pour défendre aux enfants de jouer sur les gazons des pelouses, menaçant sans cesse les uns et les autres d'arrestation et de procès-verbaux, — tout ce luxe de parade a englouti depuis vingt ans plusieurs centaines de millions.

Des centaines de millions, et sans nécessité, si ce n'est pour donner au tyranneau du Bois de Boulogne une véritable cour de gardes utilisés à son profit afin de faire respecter par les humbles, les travailleurs, ses volontés capricieuses, injustes et souvent ridicules. — Et, n'oublions pas que ces folles dépenses sont payées avec le budget de la ville de Paris, budget formé, — hélas! nous le savons bien tous, — des droits impopulaires d'octroi qui frappent toutes choses, et surtout les choses de première nécessité pour le peuple, des lourdes charges des patentes qui écrasent le commerce et l'industrie, et des multiples centimes additionnels qui, croissant et multipliant à l'infini, rendent impossibles les contributions mobilières et foncières. — Et ces somptuaires dépenses, faites sans contrôle sérieux, ont engendré en grande partie les dettes excessives de la ville, s'élevant encore aujourd'hui, malgré tous les emprunts, à un chiffre effrayant. *Chiffre*, hélas ! si énorme, comme écrit M. le préfet Haussmann dans son mémoire de décembre 1869, présenté à la Commission départementale, « *qu'il ne permet pas de diminuer les sacrifices considérables* « *qu'on a dû jusqu'ici demander aux contribuables*, » et dont M. le sénateur, préfet de la Seine, « *se voit à regret forcé de pro-* « *poser encore le maintien.* »

Quel aveu !...

Et cependant, que d'argent n'a-t-on pas fait entrer dans les caisses municipales avec les locations et les ventes des terrains du Bois de Boulogne ?... On l'a écorné par-ci, par-là, on l'a mutilé ce pauvre Bois, et tout en lui faisant une toilette *benoitonne*, on a eu soin de l'écourter, de le diminuer, de le rapetisser, de manière à ne laisser de place que pour les heureux du siècle, ceux qui payent le moins et jouissent le plus.

Ces millions sont perdus!... Mais quelles sont les dépenses annuelles, nécessitées pour l'entretien de cette Promenade, que le conservateur Pissot n'entretient nullement, — car les routes et les constructions sont dans un état déplorable, les rivières ne sont ni creusées ni nettoyées, tout est dans un désordre qui atteste tout à la fois l'incurie et l'incapacité ?...

La Ville de Paris porte chaque année au budget des dépenses une somme de 600,000 francs, affectée à l'entretien du Bois de Boulogne. Rectifions ce chiffre : c'est 740,000 francs qui, en réalité, sont tous les ans absorbés.

Sept cent quarante mille francs, rien que pour le Bois de Boulogne, — et l'on ne peut diminuer les droits *considérables* qui pèsent si fatalement sur l'ouvrier, sur le travailleur. — Les matières premières, le vin, le bois, le charbon, le fer, la nourriture, tout est frappé, jusqu'à l'air que nous respirons; — et l'argent qu'on arrache au peuple est employé en partie à entretenir les Bois de Boulogne et de Vincennes, les Parcs des grands, les Squares et leurs heureux conservateurs.

Qu'elle est inexorable la logique des chiffres! — C'est là, là seulement, qu'il faut chercher les causes du malaise qui se fait généralement sentir, de ce malaise et de cette sourde inquiétude qui arrêtent la marche des affaires, engendrent la misère et produisent la ruine. Faites de bonnes finances, et vous aurez une bonne politique.

Les 740,000 *francs*, liste civile du Bois de Boulogne, d'après les écritures et les livres tenus à cet effet à l'Hôtel-de-Ville et à la direction de la voie publique, sont ainsi répartis; — nous ne disons pas utilisés, car nous nous réservons d'en faire connaître ultérieurement le bon emploi. Ayant tout contrôlé, nous avons le cœur de tout prouver.

Distribution et destination présumée des 740,000 francs :

1° Salaires des cantonniers d'empierrement et des ouvriers auxiliaires employés à l'entretien des routes et des chemins.	195,000 fr.
2° Salaires des jardiniers chefs et auxiliaires employés tant aux travaux de jardinage du Bois de Boulogne qu'à l'entretien des divers jardins attenant aux palais ou maisons habités par des fonctionnaires du service municipal. . . .	80,000
3° Achats de matériaux d'empierrement; journées de chevaux et de charretiers employés au cylindrage des routes.	100,000
4° Achat d'arbres, terres de bruyère, fumiers et engrais.	10,000
5° Travaux forestiers (comptes Pissot). . .	22,000
6° Entretien des bancs.	1,000
7° Entretien des ouvrages hydrauliques. . .	40,000
8° Entretien des ouvrages en maçonnerie. .	1,000

9° Nourriture des oiseaux aquatiques. . . .	2,000
10° Dépenses diverses imprévues (nous en demandons l'emploi)	47,154
11° Salaires des cantonniers. — Service d'architecture.	3,000
12° Entretien des grilles, logements des gardes, etc.	96,500
13° Destruction des animaux nuisibles . .	1,000
14° Location de terrains militaires. . . .	846
15° Dépenses diverses.	500
TOTAL. . . .	600,000 fr.

En outre de ces 600,000 fr., il est alloué pour le personnel et les gardes du Bois de Boulogne, y compris leur habillement, mais non leur chauffage, ni celui de l'ingénieur Darcel et du conservateur Pissot, savoir :

1° Conservateur, piqueurs, régisseur, employés auxiliaires.	27,900 fr.
2° Service des gardes du Bois (en dehors des sergents de ville) et non compris les 65 hommes du service de sûreté.	58,600
3° Service des bateaux	15,000
4° Habillement et équipement des gardes .	38,500
TOTAL. . . .	140,000 fr.

Récapitulons :

Travaux ou matières premières.	600,000 fr.
Personnel et équipement.	140,000
TOTAL. . . .	740,000 fr.

Donc, 740,000 fr. pour le Bois de Boulogne. Dans ce chiffre nous ne faisons pas entrer le chauffage, — et surtout le traitement du personnel immense, — et fort bien rétribué, — du directeur de la voie publique et de son importante direction, —

pas plus que les salaires des fleuristes de l'avenue d'Eylau et des pépiniéristes d'Auteuil, — installés tant dans les bureaux de l'annexe de l'Hôtel-de-ville à Paris, que dans les bureaux de la chaussée de la Muette et de la rue de Largillière, à Passy-lès-Paris.

Nous pouvons largement inscrire *un million* à la charge du Bois de Boulogne.

Que produit ce million annuel d'entretien?

Quel est le résultat utile des cent millions dépensés?

Demandons-le à l'Administration? Demandons-le aux hommes?

L'axiome est toujours vrai :

Tant valent les hommes, tant valent les choses.

CHAPITRE II

Administration. — Les Hommes.

L'Administration de la Ville de Paris, telle qu'elle existe aujourd'hui, marquée au front de sa tache originelle, tache indélébile et implacable que, seules, les eaux vives du suffrage universel, vrai baptême populaire, pourraient faire disparaître, est, par sa nature et par sa composition, impuissante à produire le bien.

L'abus est partout. — Et, victime de l'abus, nous avons été forcé, par les procédés inqualifiables du sieur Auguste Pissot, conservateur du Bois de Boulogne, de prendre la plume pour nous défendre, pour réclamer justice et pour faire la lumière.... Que chaque citoyen froissé dans son droit et ses intérêts signale à l'opinion publique le mal, attaque sans crainte l'abus; et le mal et l'abus condamnés finiront bien par disparaître.

C'est au fond du dédale inextricable de l'administration, — dédale que, grâce à la multiplicité des services et à la variété plus que luxuriante des employés, ces rongeurs inassouvis du budget, on ne pourrait sonder même avec les fils d'Ariane, — que trône, toujours insatiable, non le Minotaure mythologique dévorant chaque année les fleurs de la jeunesse athénienne, mais le *Fisc*, ce Minotaure bien autrement terrible qui croque journellement, à belles dents, les pauvres écus des bons contribuables de la grande capitale. Nous ne pénétrerons pas dans tous les détours de ce prodigieux labyrinthe; nous nous contenterons de dévoiler ce qui a rapport au Bois de Boulogne; et, preuves en main, nous dresserons impartialement notre réquisitoire, laissant l'opinion publique seul juge des faits et des hommes.

D'abord les hommes.... Devant notre tribunal, nous n'en retiendrons aujourd'hui que deux :

M. Darcel, ingénieur des promenades;

M. Pissot, garde forestier, conservateur du Bois de Boulogne.

Ce sont là deux plaies incurables, contagieuses, et d'autant plus malsaines qu'elles s'abritent à l'ombre de l'article 75 de la constitution de l'an VIII, article malheureux, fatal, qui a établi en France le despotisme administratif, et qui l'y a maintenu même aux époques où toutes les libertés étaient le plus solennellement proclamées. C'est l'irresponsabilité des fonctionnaires, — comme l'a si judicieusement écrit, dans le journal des *Débats*, notre confrère éminent M. Edmond Villetard, — qui, dans notre pays, a été aussi nuisible à la liberté civile qu'à la liberté politique. Tant que l'article 75 continuera à livrer toute la France à l'arbitraire administratif, le mot pourra être changé, mais la chose restera la même.

Voulant, — folle prétention, — faire rétrograder les âges, ces deux fonctionnaires, Darcel et Pissot, ont un jour rêvé, — et cela en plein dix-neuvième siècle, — que la jolie et gracieuse habitation de la chaussée de la Muette et la belle et ancienne abbaye de Longchamps, charmantes et coquettes demeures restaurées, ornées et entretenues aux frais de la Ville de Paris, — avec les deniers des contribuables, — étaient les succursales féodales de Plessis-lez-Tours ou du vieux Louvre. Dès lors, le satrape Darcel s'est tout bonnement cru un Louis XI, servi par un nouvel Olivier le Daim, de son vrai nom Auguste Pissot.

Petit de taille, sec et bilieux, figure en lame de couteau, démarche hésitante, front bas, il y a dans l'ingénieur Darcel du Louis XI, comme astuce et fourberie. En vous caressant, sa main vous égratigne. Son rire sonne sec et creux.... Ne part-il pas d'une poitrine vide?... Maladif et hargneux, il n'est jamais satisfait, et ses subalternes sont toujours victimes de ses digestions plus ou moins mal faites. Comme toutes les natures indécises et tremblantes, il est tyran pour les employés et le petit monde, et rampant vis-à-vis de ses supérieurs ou des grands de la terre. Il vous reçoit à bras ouverts, cause avec vous de vos affaires, approuve vos paroles, vous encourage même, vous excite dans vos projets, adopte vos plans, y semble prendre intérêt; mais vous n'avez pas dépassé la porte de son cabinet, — que déjà sa main maigre et nerveuse s'empare d'un papier administratif, et complaisamment, froidement, ses doigts crochus lancent un communiqué à son Olivier le Daim. La consigne est aussi cruelle que laconique :

« — Annoncez à MM. X.... et Y.... que le Pré-Catelan avec « toutes les dépendances seront mis en adjudication. Débar- « rassez-moi ainsi de leurs ennuyeuses visites. »

Voilà l'homme!...

D'un trait de plume, sans motifs, sans raison, sans souci des choses et des personnes, fatalement, il ruine à tout jamais deux, trois, quatre entreprises, sans se préoccuper s'il n'amènera pas quelque grosse faillite qui réduira à la misère plusieurs honnêtes familles.

Et Olivier le Daim, le butor par excellence, d'écrire dans un jargon sans règle ni loi, qui n'a rien du français :

« — Décampez vite.... Obéissez à nos volontés, qui doivent « être supérieures aux clauses de tous les cahiers des charges ; « sinon je vais recourir *aux moyens rigoureux.* »

Ces derniers mots sont le trait caractéristique de ce garde forestier élevé, on ne sait comment, à la puissance d'un conservateur brutal, mais non intelligent.

En deux coups de crayon, nous allons tracer la silhouette de ce personnage qui, pendant huit années, s'est acharné à nous faire du mal, à entraver notre entreprise, à ruiner tous nos plans, et à chercher, par ses manœuvres obscures, à faire du *Pré-Catelan* un nouveau désastre, rappelant la déconfiture forcée et injuste de l'intelligent créateur de ce magnifique établissement si cher à la bonne compagnie parisienne.

Bourru et faux, homme trapu et à larges épaules, encolure forte, face insignifiante, pâle et sournoise, yeux fauves toujours baissés, barbe noire et épaisse, extrémités grosses, grasses et plates, crâne légèrement dénudé, le conservateur du Bois de

Boulogne possède à un haut degré les méchancetés lâches du loup et la duplicité des renards. Cet homme n'a jamais ri.... Son regard est oblique; sa parole, brève et rauque, a quelque chose d'âpre et de dur qui semble écorcher sa gorge. Du reste, s'il parle peu, — et pour cause, — il écrit souvent pour faire des rapports toujours malveillants, toujours injustes.

Inquiet, quinteux, irascible, ambitieux et jaloux, mécontent même de lui, il déteste les autres par haine de l'espèce humaine. Le beau l'agace, le vrai l'aigrit, le bien le tourmente, le juste l'irrite.... Il n'aime que la flatterie et n'excuse que la bassesse. — Soyez sans caractère, sans intelligence, sans initiative ; obéissez à ses caprices, devenez son esclave, et alors.... Mais nous, jaloux de notre libre arbitre, nous avons eu le tort de rester homme indépendant et de vouloir fermement et constamment, tout en accomplissant nos devoirs, revendiquer tous nos droits de citoyen. *Indè iræ....*

Dans l'existence de ce satyre fait homme, doit se cacher quelque grand malheur domestique.

Bénissez les dispositions fantaisistes de la loi de M. de Guilloutet, monsieur Auguste Pissot; car, si vous nous appartenez comme homme public, — quoique dans les bois vous soyez fonctionnaire payé par nous, — nous saurons et nous voulons toujours vous respecter dans votre vie privée. Heureusement pour vous, nous ne franchirons jamais les limites de ce mur protecteur, et notre plume, aussi soucieuse de son indépendance que de sa dignité, n'ira point fouiller dans votre for intérieur. Vivez tranquille, conservateur forestier, sous les frais ombrages de l'abbaye de Longchamps, aux murmures mélodieux des belles eaux bleues de la Seine.

Nous connaissons les hommes; voyons et jugeons leurs actes, ces actes arbitraires qui ont pesé et pèsent si implacablement sur la prospérité du Bois de Boulogne, et surtout sur les destinées des divers établissements qui, exploités par des particuliers, se trouvent journellement livrés au bon plaisir de leurs caprices despotiques.

CHAPITRE III.

Les actes. — Les chiffres. — Emploi des 740,000 fr. pour l'entretien du Bois de Boulogne. — M. Pissot jugé par ses supérieurs.

Nous connaissons les sommes énormes employées inutilement pour la transformation du Bois de Boulogne ; nous connaissons exactement les centaines de mille francs attribués à son entretien ; nous connaissons les deux hommes de qui relèvent spécialement les choses et les personnes, dans ce parc merveilleux que paient les centimes du travailleur et des contribuables parisiens,— et d'où l'on voudrait bien exclure à tout jamais les uns et les autres ; examinons rapidement, en jugeant les faits et les actes, de quelle manière utile est annuellement dépensée cette majestueuse liste civile de 740,000 fr.

Faisant bon marché des détails dans cette sévère, mais juste analyse, nous nous attaquerons seulement aux gros chiffres et aux grosses sommes détournées de leur véritable destination. Nous attaquerons les sommes employées, soit à la création des lacs du club des patineurs, soit à l'aménagement, l'entretien et l'ornementation des villas de plaisance de MM. les préfets de la Seine et de police, de MM. le secrétaire général de la préfecture et l'ingénieur en chef des promenades, des demeures et jardins des amis et des privilégiés et surtout de la magnifique abbaye de M. le conservateur du Bois de Boulogne.

Et d'abord, procédant par ordre budgétaire, demandons-nous si réellement chaque année les 740,000 fr. sont aussi bien dépensés qu'ils sont bien fournis par les caisses municipales.

1° — Les 195,000 francs d'une part, plus 100,000 francs de l'autre, soit 295,000 francs, sont-ils totalement et uniquement employés à l'entretien des routes du bois, à l'achat des matériaux, au paiement des journées de cantonniers, charretiers et ouvriers auxiliaires?..

Que de journées d'ouvriers et que de grandes quantités de sable et de cailloux n'a-t-on pas dû payer pendant douze années — de 1858 à 1870, -- avec 3,540,000 FRANCS, résultat des 295,000 *francs* annuels !

Les routes carrossables, les allées des piétons et les routes cavalières de ce bois doivent être splendides, merveilleusement entretenues, parfaitement empierrées et sablées. .

Hé bien!... Non. — Erreur complète.

Pas une route du Bois de Boulogne n'est dans un bon état, dans un état satisfaisant d'entretien convenable. Toutes ont besoin d'un rechargement complet. — Et, d'après les estimations sérieuses des hommes de l'art, nous ne pouvons pas évaluer à moins de 62,000 mètres cubes de cailloux et de 12,400 mètres cubes de sable les matériaux nécessaires à la remise en état des diverses voies qui sillonnent, au profit exclusif du Luxe, ce Bois si cher au conservateur M. Auguste Pissot, et si coûteux pour la bourse des contribuables.

Quelle serait donc la somme qu'il faudrait aujourd'hui dépenser pour faire face à ce besoin pressant, pour acheter ces matériaux? — D'après les prix actuels de la série, il faudrait 394,940 francs.

Quelle somme supplémentaire faudrait-il pour les journées des ouvriers, le cylindrage, etc. — Au moins : 120,000 francs.

Donc en chiffres ronds : 500,000 *francs.*

Mais alors, pourrait-on nous justifier comment et à quoi ont été dépensés, depuis 1858, les 3,540,000 *francs* alloués pour ces travaux?

Question embarrassante, mais instructive; car elle amènerait, sans nul doute, la confession de certains petits secrets qui démontreraient le peu de surveillance ou le trop de complaisance des hauts fonctionnaires chargés de ménager et d'utiliser les deniers de la Ville de Paris.

2° — Nous avons vu figurer au budget des dépenses une somme de 80,000 francs pour le salaire annuel des jardiniers et de leurs aides-ouvriers, plus 10,000 francs pour fournitures de plantes et acquisitions de terres de bruyères et divers engrais,... soit 90,000 francs par an.

Divisons :

Le personnel des jardiniers et des ouvriers auxiliaires est-il quotidiennement et entièrement employé aux soins à donner au bois de Boulogne?... De ce travail n'est-il pas au contraire distrait toujours une partie des bras actifs?

Jugez !...

Sont enlevés de leur place au détriment du service du Bois :

Cinq jardiniers qui sont employés à l'entretien du jardin de M. le Préfet de la Seine. Chacun gagne en moyenne 1,300 francs par an, soit.	6,500...
Deux jardiniers, employés au jardin de M. le Préfet de police, soit.	2,600
Deux jardiniers, employés au jardin du secrétaire général de la Seine, soit.	2,600
Un jardinier, employé au jardin de l'ingénieur en chef (M. Darcel), soit.	1,300
Deux jardiniers, dont un sous-brigadier des gardes, employés exclusivement à soigner le jardin, sans compter la faisanderie, de M. le conservateur Auguste Pissot, soit.	2,600
Un jardinier, employé au jardin que la Ville avait gracieusement offert à notre immortel poète, M. de Lamartine.	1,300
Trois jardiniers enfin pour les jardins du jardinier chef, du conducteur et de madame Bouvet, soit. .	3,900
Total.	20,800 fr.

Donc 16 personnes et 20,800 francs, détournés de la destination fixée par le budget.

Et maintenant, si du personnel nous passons aux plantes, nous trouvons, hélas ! un gaspillage bien autrement sensible.

Puisque 10,000 francs sont alloués pour l'acquisition des plantes, on devrait supposer que toutes les plantes qui garnissent les divers massifs du Bois de Boulogne sont achetées avec cet argent. Il n'en est rien. La Ville de Paris possède à Passy, avenue d'Eylau, n. 137, un vaste établissement, où, à grands frais, on cultive et multiplie les diverses plantes nécessaires à la garniture des massifs, des jardins, promenades, squares et bois de la grande cité parisienne.

C'est dans cet établissement horticole, dont nous nous proposons d'écrire un jour l'histoire, que sont cultivées d'abord et prises ensuite toutes les plantes qui ornent le Bois de Boulogne.

Le fleuriste de la Muette livre par an 141,167 plantes pour le Bois. Voici le partage :

83,764 plantes servent à décorer les îles, le Pré-Catelan, le Ranelagh, l'avenue de l'Impératrice et tous les massifs du Bois.

57,403 plantes sont employées de la manière suivante :

Maison habitée par M. le Préfet de la Seine à Longchamps.	25,519 plantes.
Maison de M. le Préfet de police à Madrid.	8,280
Maison du secrétaire général de la préfecture de la Seine.	9,590
Maison de l'ingénieur du service des promenades (M. Darcel)	4,940
Jardin du conservateur du Bois. . . .	2,474
Jardin du jardinier principal.	1,525
Jardin du conducteur des ponts et chaussées.	670
Jardin Lamartine.	3,375
Jardin de la maison de madame Bouvet. .	1,030
Total. . . .	57,403 plantes.

En moyenne et au plus bas prix, chaque plante vaut au moins 25 centimes, soit donc une somme annuelle de 14,350 francs 75 centimes.

Ainsi donc, sur les 90,000 *francs* annuels alloués par le budget pour les jardiniers et les plantes, il y a un détournement de destination de 20,800 fr. sur le personnel, plus 14,350 fr. 75 c. sur les plantes. Donc un total de 35,150 fr. 75 c. que l'on peut économiser, qu'en toute justice la Ville de Paris doit rayer de son budget. Vous voulez des économies pour diminuer les octrois. En voilà !... Et nous en trouverons bien d'autres!... Si, sur un seul article du budget du Bois de Boulogne nous trouvons à économiser 35,150 *francs* 75 *centimes*, que sera-ce lorsque nous mettrons la main et l'œil dans ce gouffre ténébreux qui porte nom : *Budget de la Ville de Paris ?...*

3°— Dépenses diverses et imprévues : 47,154 francs par an, écrit l'inexorable budget, soit pour 12 années, de 1858 à 1870, une somme ronde de 565,848 francs, — plus d'un demi-million. Qu'avez-vous fait de cet argent?... Et l'on ne peut pas diminuer les taxes si lourdes qui pèsent sur les vins, sur le chauffage et sur la nourriture du peuple!...

Nous ne pousserons pas notre examen plus loin. A chaque pas nous trouverions le gaspillage, soit sur les 96,500 francs alloués pour l'entretien des grilles et des logements des gardes, soit sur les 15,000 francs de dépenses pour les bateaux, soit sur la nourriture des oiseaux aquatiques, soit surtout sur les 140,000 fr. destinés au payement et à l'équipement des gardes à pied et à cheval du Bois, soit aussi sur les 40,000 francs alloués aux travaux hydrauliques. — N'est-ce pas sur ces fonds-là qu'ont été prises les sommes nécessaires pour l'installation, dans la villa de plaisance de Longchamps, des bains hydrothérapiques de M. le baron Haussmann?

Mais nous avons à cœur de faire connaître ce que coûte le conservateur du Bois de Boulogne; et de plus, nous voulons savoir à quoi et comment il emploie les 22,000 francs qui, chaque année, figurent au budget sous la rubrique : « *Travaux forestiers.* »

Ce que nous coûte M. Auguste Pissot!... Nous verrons, en temps opportun, ce qu'il vaut pour le bien du Bois, et surtout pour les divers concessionnaires qui se trouvent placés sous sa brutale omnipotence.

Ce qu'il nous coûte :

A. —	D'abord, appointements annuels en sa qualité de conservateur du Bois. .	5,300 fr.
B. —	Sa villa à l'abbaye de Longchamps, habitation magnifique, pouvant facilement loger trois familles, avec écuries, remises, vastes dépendances, superbe jardin, pièces d'eau, etc., etc., évaluée à bas prix. . .	3,500
C. —	Ses volières, renfermant les plus belles espèces de faisans et de tourterelles.	500
D. —	Un jardinier à l'année pour son jardin.	1,380

E. — Un sous-brigadier des gardes pour son service, sans compter le logement, l'habillement et le chauffage.	1,200	
F. — Un cocher payé sur le crédit alloué pour les bateaux, non compris logement, habillement et chauffage .	1,080	
G. — Un cheval payé par la Ville de Paris.	1,500	
H. — La nourriture du cheval à raison de 3 francs par jour.	1,095	
I. — Soins et ferrage du cheval par an. .	100	
J. — Chauffage de M. le conservateur, savoir : 20 stères de bois et 400 fagots, estimés.	468	
K. — Entretien des deux serres et des plantes.	300	
L. — 2,474 plantes fournies par le fleuriste de la Muette.	628	50 c.
M. — Engrais, terres de bruyères, dépenses diverses, telles que gravillon pour le sablage des allées, châssis pour la reproduction des plantes, nourriture pour les oiseaux et poissons, environ.	500	
Total.	17,451 fr.	50 c.

Oui, pour M. Pissot seul, il faut 17,451 fr. 50 c. — Et que conserve M. le conservateur ?... Et que garde M. le garde forestier ? La fin de ce chapitre nous l'apprendra.

Suivant l'ordre d'inscription, nous trouvons un article du budget qui porte, pour *travaux forestiers*, une somme annuelle de 22,000 francs.— Oui, 22,000 francs sont alloués pour les travaux forestiers, et cependant huit hommes seulement y sont employés hiver comme été. Ce sont deux élagueurs et six bûcherons. Le salaire des élagueurs est de 4 francs par jour, et celui des bûcherons est de 3 francs 50 centimes. C'est donc, en calculant bien, une somme totale de 11,000 francs qu'ils devraient coûter à la Ville de Paris. Ajoutons à ces 11,000 francs, 3,500 francs payés pour le fauchage, ce qui donne 14,500 francs, — et puis demandons l'emploi du reste des 22,000 francs. C'est pour nous un problème. Nous serions heureux d'en connaître la solution : car ne voulant que la lumière et la vérité, nous nous ferions un devoir de la promulguer en gros caractères.

Nous n'avons pas voulu entrer dans tous les détails, ni poursuivre à fond nos travaux d'analyse, quoique nous ayons en mains tous les documents authentiques; mais nous allons, — et cela pour prouver que nous sommes armés de toutes pièces, — nous allons insérer, en terminant ce chapitre, quelques petits extraits de lettres dont nous avons les originaux, extraits qui prouveront ce que fait et à quoi sert au Bois de Boulogne M. le conservateur Auguste Pissot.

Nous prenons au hasard dans le tas, et nous inscrivons par ordre chronologique. La liasse des lettres révélatrices est formidable.

Le mardi 31 septembre 1867, du château de Cestas, M. le vicomte Pernety, gendre de M. Haussmann, écrit au conservateur Pissot :

« M. le Préfet me charge de vous prier de vouloir bien lui faire « un choix de *belles carpes dorées*, qu'il désire mettre ici dans « un lac, et de les lui adresser le plus tôt possible, par la grande « vitesse, en gare, à Pessac. — Donnez-nous en avis par dépêche « télégraphique.... etc. »

Inutile d'ajouter que les carpes furent choisies entre les plus belles des lacs du Bois de Boulogne, et que l'expédition, fort scrupuleusement surveillée par M. le conservateur, eut lieu par les voies rapides.

Le 23 octobre 1867, M. le vicomte Pernety est de retour à Paris, et aussitôt d'écrire à M. Pissot :

« Cher monsieur, je suis depuis hier à Paris pour quelques « jours. Si vous vouliez bien prendre la peine de passer à mon « bureau demain, vers midi, nous pourrons nous entendre pour « les poissons, les graines de pins et les plants d'arbres que « vous proposez à M. le Préfet pour Cestas. Ma femme désire « aussi se faire expédier des lapins de Longchamps, de sorte « qu'ils pourront être compris dans le même envoi.... »

Le conservateur du Bois, qui élève les poissons et les oiseaux avec les deniers que lui fournit le budget de la Ville, soit 2,000 francs par an, — en y employant le temps et le travail de ses gardes, qui coûtent près de 100,000 francs, — le conservateur, disons-nous, s'empresse d'obéir. Du reste, voici sa réponse à laquelle nous joignons la liste des plants d'arbres expédiés à Cestas.

« Longchamps, le 15 novembre 1867.

« Monsieur le vicomte, — Etant allé, dans les premiers jours « de ce mois, à l'Hôtel-de-Ville, pour vous remettre la liste des « plants que j'ai envoyés à Cestas, j'ai appris que vous étiez parti « pour Bordeaux. Depuis, j'ai cherché à être admis près de M. le « Préfet, pour savoir ce qu'il fallait que je fisse au sujet du « poisson, etc., etc.... Faut-il vous en envoyer?... Quelle quan- « tité?... Sera-ce assez de cinq cents à titre d'essai?... Dans le « cas de l'affirmative, faut-il en même temps envoyer de nos « grosses carpes du Bois, et combien?... S'il y a envoi, faut-il y « joindre les lapins de Longchamps?...

« Je vous serais très-obligé de vouloir bien me répondre immé- « diatement à toutes ces questions, afin que je puisse faire « l'expédition dans les premiers jours de la semaine prochaine.

« Daignez agréer, monsieur le vicomte, l'assurance de mes « sentiments respectueux.

« A. Pissot. »

Et voici la liste, écrite de la main même de M. Pissot, des plants d'arbres envoyés à Cestas, le mardi 29 octobre 1867 :

1,000 quercus palastris.
1,100 quercus tinctoria.
7,200 quercus rubra.
700 quercus coccinea.
250 châtaigniers.
18 tulipiers.
50 lauras sassafras.
50 houx communs.

Total. . . 10,468 plants d'arbres pour un seul envoi.

Quelle est leur valeur?... Comment les pépiniéristes de la capitale, qui travaillent, qui paient patente, centimes additionnels, cotes mobilières, droits d'octroi, etc., etc., feront-ils pour vendre leurs produits?... Quelle désastreuse concurrence!... Dans nos conclusions, nous insisterons sur ce point, qui mérite toute l'attention de l'homme honnête qui veut en toutes choses l'application certaine des principes éternels de liberté et d'égalité, qui sont les seules bases sur lesquelles puissent reposer les destinées du peuple français.

Poursuivons....

La lettre du conservateur Pissot eut sa consécration administrative. Du cabinet du Préfet, M. La Roue écrivait, le 20 novembre 1867, à M. Alphand :

« J'ai l'honneur, monsieur, de vous transmettre la lettre ci-
« incluse, que M. Pissot a adressée à M. Pernety, et que M. le
« Préfet a annotée. Elle a, je crois, un caractère d'urgence.

« Agréez, je vous prie, les remercîments de Mme La Roue et
« les miens, pour votre nouvelle gracieuseté, etc.... »

Ce dernier membre de phrase nous sert de trait d'union pour souder les prodigalités administratives aux prodigalités faites aux amis, aux officieux, aux privilégiés.

Le budget de la Ville paie, paie toujours!!!...

Mais, avant tout, les amis, les parents, les membres de la famille ! Il n'y a pas que M. Magne qui ait la bosse du népotisme. — Lisons :

« Doulevant, le 22 novembre 1867.

« Mon cher Auguste,

« Je te félicite de tes succès à l'Exposition, et j'espère, comme toi, que tu obtiendras enfin la décoration....

« Je n'ai pas encore reçu les arbres que tu as fait expédier; je
« les ai fait réclamer à la gare de Bar-sur-Aube, ils n'y étaient
« pas encore parvenus. En attendant, je fais faire les trous....
« J'espère que nous aurons ainsi une bonne réussite de nos
« arbres....

« Si tu peux distraire, comme tu le dis, quelques arbustes de
« ceux que tu fais planter, tu pourras en envoyer. Tu me donne-
« rais, pour les plantes, quelques indications sur leur taille,
« leur hauteur, leur feuillage et leurs fleurs, afin que je puisse
« les placer dans l'endroit le plus convenable des massifs, ou en
« avant, etc., etc.....

« Signé : Pissot,

« Notaire à Doulevant (Haute-Marne). »

Nous abrégerons ces extraits. —Cependant, nous sommes obligés d'en cueillir encore quelques-uns dans les années 1868 et 1869, car nous ne voulons pas qu'on nous accuse de partialité. Nous accomplissons un devoir, pénible, il est vrai, mais inexorable.

Et si, dans notre écrit, il s'était glissé une erreur, quelque légère qu'elle fût, quoique involontaire, nous sommes tout prêt à recevoir toute rectification. Nous nous ferons même un plaisir d'accueillir et de publier les documents vrais, sérieux, contradictoires, qui pourront nous être adressés.

Nous ne voulons que la vérité et la justice.

« Paris, 5 février 1868.

« Monsieur Pissot, je suis allé hier au rendez-vous que vous « aviez accepté ; j'ai visité votre pépinière et vos semis de « chênes d'Amérique.... Vous avez bien voulu me dire que vous « pourriez me donner *quelques cents de plants* de ces chênes, et « j'en ai accepté la promesse. Le temps de la plantation est « proche.... J'irai les prendre et les porterai en Brie, à moins « que vous puissiez les faire parvenir chez moi, rue de Clichy, « etc....

« Dans tous les cas, j'aurai à vous rendre grâces....

« Signé : X.... »

« Metz, le 23 mars 1868.

« A monsieur A. Pissot.

« Mon cher camarade, j'ai bien tardé à vous accuser réception des *beaux* et *nombreux* chênes d'Amérique dont vous avez « bien voulu disposer en ma faveur.

« Signé : X... »

« Passy-Paris, 13 mars 1869.

« Monsieur Pissot, — Etant désireux d'établir dans mon « jardin un petit châlet rustique, je vous serais très-obligé de « vouloir bien me faire remettre par M. Paul — (M. Paul est un « brigadier des gardes du Bois) — une douzaine de troncs

« d'arbres, de 2 mètres 50 de hauteur sur 30 centimètres de « diamètre.

« Comptant sur votre complaisance, je vous remercie à l'a- « vance....

« Signé : X...

« Caissier des contributions directes. »

Nous arrêtons nos citations. « *Sat prata biberunt!...* » a dit le poète Virgile. Prenons-lui encore un hémistiche : « *Ab uno disce « omnes,* » et appliquons-le aux actes du conservateur Pissot.

. . . .

Cependant, avant de clore ce chapitre, nous devons citer sans commentaires :

1° — Les lettres qui font connaître la distribution du bois de chauffage au personnel du Bois de Boulogne, et les extraits des deux états de frais de conservation — années 1867 et 1868 —; plus le relevé des ventes de daims, tel que l'a écrit le brigadier des gardes, M. Paul. L'original est entre nos mains.

2° — Divers documents émanant de M. le baron Haussmann, de M. Alphand et de M. Darcel, qui jugent M. le conservateur Auguste Pissot comme homme et comme fonctionnaire.

D'après le conservateur Pissot, le bois de chauffage est ainsi réparti (nous transcrivons sa lettre, du 23 octobre 1868, à M. Darcel) :

« Monsieur l'Ingénieur,

« Chaque année, je délivre pour le chauffage environ 600 « stères de bois, et 14,000 fagots ainsi répartis :

« A 56 brigadiers, sous-brigadiers et gardes, à raison de « chacun 8 stères de bois et 200 fagots, soit 448 stères et « 11,200 fagots.

« Même quantité à 5 chefs cantonniers, soit 40 stères et 1,000 « fagots. Il a été en outre alloué pour MON CHAUFFAGE 20 *stères « et* 400 *fagots.*

« Le surplus est distribué pour le chauffage de M. le directeur « et les bureaux,... etc,... etc.

« Je ne parle pas des quelques *stères et centaines de fagots*, qui « sont conduits à *votre habitation...* etc.

« Signé : Pissot. »

Toujours bon apôtre, M. le conservateur. — Attrape, compère Darcel... Ce document se passe de tout commentaire. A bon entendeur salut !...

Pour mieux éclairer la religion du lecteur, plaçons, avant les états de conservation, la note des daims fournis à divers, note écrite par le brigadier Paul. Nous copions :

Fourni à M. le duc de Luynes, en février 1868 :

4 daims et un daguet à 35 fr. l'un.	175 fr.
Un dix-cors et une troisième tête à 75 fr. l'un . .	150
Un dix-cors et une troisième tête	150
Un dix-cors et une troisième tête . . . . , .	150
Un dix-cors.	75
Total.	700 fr.

Fourni à M. Bertrand deux jeunes daines à 35 l'une. 70 fr.

Fourni à M. Hardy un daguet à 35 fr. . . . . . . 35 fr.

Fourni à M. de Saint-Hilaire deux dix-cors et un daguet. Un daguet et une daine. Une troisième tête. Une troisième tête et un daguet. Quatre daguets.	280 fr.

Voici en regard les états dressés à la Conservation.

Année 1867 :

9 mars 1867, reste en caisse.	263 fr.	25 c.
10 mars 1867, vente de canards.	52	50
Mai 1867, nourriture du cheval de M. Michal.	233	15
19 mai 1867, location du terrain des Ariettes.	50	
25 juin 1867, vente de lapins.	36	
25 novembre 1867, vente de canards. . . .	106	
Total. . . .	740 fr.	90 c.

Année 1868 :

25 janvier 1868, reste en caisse.	268 fr. 60 c.
6 juillet 1868, location du terrain des Ariettes.	30
3 novembre 1868, vente de roseaux. . . .	20
Total. . .	318 fr. 60 c.

Voilà 1867 et 1868 : — Vente de canards et lapins, Oui !
Vente de daims, — Non !

Si ces ventes étaient reportées sur l'exercice 1869, nous ne demanderions pas mieux que de le consigner, tout en étant obligé, cependant, de constater une irrégularité flagrante dans les écritures.

. . . .

. . . .

Monsieur Pissot jugé par ses supérieurs :

Monsieur le Sénateur, Préfet de la Seine, écrivait à M. l'Ingénieur en chef, M. Alphand, au sujet d'un garde qui avait refusé publiquement d'obéir à M. le conservateur :

« . . . . J'incline à penser que le garde X.... a été « provoqué par la violence habituelle du brigadier Y.... et par « le manque de tact du Conservateur. Aussi veux-je saisir cette « occasion pour exprimer mon mécontentement, au sujet des « procédés employés vis-à-vis du personnel des gardes par ses « chefs immédiats....

« Veuillez rappeler au Conservateur du bois que sa position « particulière le rend à la fois le chef et le protecteur naturel « des gardes placés sous ses ordres. La fermeté dont il ne doit « pas se départir n'exclut pas les égards dus à d'anciens servi- « teurs, et assurément il obtiendrait d'eux un meilleur service, « s'il renonçait à des *rigueurs* et à des *vexations* qui doivent « paraître intolérables à des hommes habitués à l'estime de « tous....

« Signé : G.-E. Haussmann. »

Qu'aurait écrit M. le baron Haussmann, s'il avait connu les vexations et les rigueurs, poussées parfois jusqu'au ridicule, du sieur Pissot vis-à-vis des concessionnaires du Bois de Boulogne, et ce qui est plus révoltant encore, vis-à-vis du public qui fréquente cette promenade parisienne?...

Monsieur Alphand, inspecteur général des ponts-et-chaussées, chargé de la direction de la voie publique, esprit aussi juste qu'élevé, n'a-t-il pas lui-même été forcé à plusieurs reprises de constater par des rapports sévères l'incapacité et la brutalité du Conservateur Pissot?... N'a-t-il pas été obligé d'intervenir dans les différends nombreux qu'a soulevés l'abus d'autorité de ce fonctionnaire?...

Nous lisons dans un rapport de M. Alphand, du 20 octobre 1862 :

« Je suis informé que M. Pissot emploie, avec menaces de pu-
« nitions, les gardes à des travaux de piochage pénibles, de dé-
« foncement de routes.

« M. Pissot s'écarte, en agissant ainsi, des règlements et abuse
« de ses pouvoirs sur les gardes. Ce sont en général de vieux
« sous-officiers; quelques-uns ont porté l'épaulette, et l'adminis-
« tration n'entend point que nous leur imposions des travaux
« manuels..... »

« En agissant autrement, pour obtenir un travail insignifiant
« et mal fait, vous mécontentez et froissez tout un personnel qui
« fera mal le service auquel il est spécialement destiné. »

Voilà pour la brutalité.—Pour la capacité, la négligence, lisez :

De la préfecture de la Seine, le 13 mai 1861, le chef du bureau des perceptions municipales envoyait la note suivante à M. Alphand :

« Monsieur Alphand nous ayant fait savoir que les scellés avaient été apposés par le juge de paix sur le mobilier du Pré-Catelan, nous nous sommes concertés avec l'avoué de la Ville pour parvenir à la levée de ces scellés dans le plus bref délai possible.

« M. Picard a déjà dû agir.

« Un rapport du Conservateur, transmis par M. Alphand, le 9 de ce mois, déclare qu'il y a eu erreur et que les scellés n'ont pas été apposés. Nous avons appris depuis que cette formalité avait été remplie, non sur les portes, mais sur les clefs.

« Il est fâcheux que des informations aussi contradictoires nous obligent à retirer à tort les instructions données à M. Picard qui, de son côté, se trouve exposé à de fausses démarches. Nous pensons qu'il suffira de signaler la gravité de ces inconvénients pour en prévenir le retour.

« Le chef de section,

« Signé : Félix Lazare. »

Aussitôt M. Alphand, de sa bonne plume, écrit :

« Copie à M. Pissot qui attire au service des reproches trop mérités. M. Pissot dispose de *quatre gardes* pour le Pré-Catelan, et il ne sait pas ce qui s'y passe. Enfin, dans un cas aussi grave, il ne se donnera pas la peine de voir par lui-même, et expose M. le Préfet à donner à la justice de faux renseignements, après avoir négligé pendant plusieurs jours de faire connaître à l'administration un fait aussi grave que celui d'une saisie de mobilier et de scellés posés.

« Tout cela est déplorable.

« *Paris, le* 15 *mai* 1861.

« L'Ingénieur en chef,

« ALPHAND. »

M. Alphand annotant lui-même un communiqué précis, adressé le 29 juillet 1863 au sieur Pissot, par M. l'ingénieur en chef des promenades, écrivait au bas avec son crayon rouge :

« Monsieur Pissot, on vous avait recommandé, avec le *plus grand* « soin, de ne pas laisser passer le délai de la résiliation de « M. X..... Vous n'avez tenu aucun compte de mes recommanda- « tions, puisque ce délai expirait le 1er juillet... Par votre négli- « gence sans nom, voilà l'administration liée pour trois nouvelles « années. *C'est déplorable!* »

Dans le chapitre suivant, nous montrerons que si le sieur Pissot, pour les intérêts de l'administration et du Bois, manque de zèle, il sait en dépenser et en abuser vis-à-vis des pauvres concessionnaires.

Deux petits extraits encore, et nous nous arrêtons. Ceux-ci ont leur valeur réelle. Ils émanent du compère Darcel, et ils sont de fraîche date. Un rapport du 1er septembre 1869, et une lettre en date du 15 janvier 1870.

Le rapport constate que les plaintes sur le mauvais état du Bois de Boulogne, faites par M. le Directeur, sont, sauf quelques réserves en raison de la sécheresse, fort légitimes et que l'on aurait dû réparer les dégâts qui s'étaient accumulés depuis longues années sur quelques points de la promenade, etc., etc.

Dans la lettre du 15 janvier, nous prenons une seule phrase qui vient, après une certaine défense du sieur Pissot, nous dire franchement :

« La personne dont vous vous plaignez (M. Pissot),—je le sais,
« a un caractère qui ne cadre pas toujours avec celui d'autres per-
« sonnes; elle s'exagère son pouvoir... etc. etc.

Condamné par M. le baron Haussmann, par M. le Directeur Alphand et par M. l'ingénieur Darcel, le conservateur Pissot, que tous les employés du Bois de Boulogne craignent et détestent, est journellement maudit et exécré par les concessionnaires et les promeneurs, qui ne peuvent librement jouir, les uns des droits afférents à leur concession, les autres du droit d'aller respirer tranquillement l'air en famille dans cette belle promenade, créée et entretenue avec les deniers des contribuables parisiens.

CHAPITRE IV

Pré-Catelan. — Sa résurrection. — Concerts et fêtes.— Opinion de la presse et du public. — Succès incessants des solennités artistiques, scientifiques et musicales. — La part du pauvre et de l'infortune. — Rapports du Conservateur Pissot.

Etant, malgré nous, personnellement en cause dans ce chapitre, après avoir, dans une rapide esquisse, fait l'historique de la résurrection du Pré-Catelan, de l'organisation des fêtes, des succès obtenus et des diverses créations opérées par nos soins durant une période de huit années consécutives, nous laisserons, sans commentaire aucun, parler les actes appuyés de documents authentiques. Tout, dans cette brochure, doit être non-seulement d'une vérité rigide, implacable, mais encore, tout doit être à l'abri, même d'un soupçon. — Loin de nous toute pensée de mesquine vengeance, de triste jalousie ou d'envieuse malveillance. Nous avons été attaqué, nous nous défendons; car nous voulons justice.

On l'a dit et écrit bien souvent : le *Pré-Catelan* est une petite merveille dans une grande merveille; c'est la fraîche et riante oasis du Bois de Boulogne. — Dès sa création, ce jardin féerique jouit d'une grande vogue. Avec une intelligence toute artistique, semant, sans y regarder, l'or à pleines mains, le fondateur, M. Ernest Ber, dota Paris d'une promenade sans rivale, offrant toutes les séductions aux aristocratiques habitués du Bois. — Là, le plaisir coûteux se montrait sous toutes ses faces les plus variées, les plus brillantes. La fée qui avait présidé à la naissance de ce bel établissement l'avait royalement doté.... Mais, à pas lents, dans l'ombre, survint un jour un homme qui fut fatal au Pré-Catelan : c'était le conservateur-garde forestier Auguste Pissot. — Il ourdit dans les ténèbres ses plans, fabriqua ses rapports, arrêta tous les élans, mit des entraves à toutes les initiatives; et, soutenu par l'indifférence des uns et les méchantes cabales des autres, favorisé par les haines du puissant baron Haussmann, qu'avait mordu au cœur la jalousie; aidé même dans son œuvre de destruction par les inclémences d'une saison désastreuse, ce conspirateur, ennemi juré de tout ce qui est beau et vrai, arriva à ses fins.... La ruine s'en suivit!... La lutte fut violente; mais Ber, qui n'avait pas voulu plier, Ber, qui, fort de son droit, avait accepté le défi, Ber succomba. — La faillite fut déclarée, et bon nombre de familles d'honnêtes travailleurs et d'artistes de grand mérite éprouvèrent le contre-coup de ce désastre.

Laissons la parole aux faits :

Nous lisons dans le Mémoire adressé au Conseil d'Etat, au nom de la faillite de M. Ernest Ber, pages 6, 13, 15, 16, 20 et 21 :

« L'Administration municipale n'avait pas seulement intérêt à « seconder les efforts intelligents de M. *Ber;* c'était pour elle un « devoir rigoureux. La Ville a fait tout le contraire. Ses actes et « sa conduite, dans cette affaire, sont un exemple mémorable « d'illégalité, d'arbitraire et de rigueur. Les causes de cette hos- « tilité contre le concessionnaire n'existent point.... »

En poursuivant, nous allons montrer le rôle joué par le conservateur Pissot.

« Sur les rapports de ce garde forestier, en aveugle, l'admi- « nistration donna ordre, dans le mois de septembre, d'arracher « les arbres morts.... Cette mesure ne pouvait se justifier à « aucun point de vue, soit à raison de l'inopportunité du mo- « ment, soit parce que, chaque année, M. Ber remplaçait spon- « tanément tous les arbres morts; déjà, 60,000 arbres verts « avaient été employés à cet usage....

« Les protestations de M. Ber ne purent arrêter l'Administra-

« tion. — Le conservateur du Bois — il paraît enfin! — accom-
« pagné de ses gardes et bûcherons, fit briser les clôtures et
« abattre 1,500 arbres environ. — Les employés du Pré-Catelan,
« qui voulurent s'opposer à l'exécution violente de cet ordre
« arbitraire et injuste, furent brutalisés et couchés en joue par
« les gardes. Un procès-verbal de ces faits fut dressé par le
« Commissaire de police. Un rapport fut également adressé, par
« M. Ber, au ministère d'Etat et au ministère de l'Intérieur. »

Toujours le même, M. le garde forestier Auguste Pissot!...

« Après avoir arbitrairement entravé la jouissance du conces-
« sionnaire et augmenté ses charges, et comme pour atteindre
« plus sûrement la ruine du Pré, l'Administration chercha à lui
« créer des concurrences. »

Victime d'un pareil abus, nous avons dû relever ce fait....

Dans le mois d'août 1866, nous avions organisé, avec le concours de M. Barillet-Deschamps, l'intelligent, habile et intègre jardinier en chef de la Ville de Paris, — laissant la présidence à l'orgueilleux Pissot, — la fête des jardiniers. Toutes les dépenses étaient à notre charge. Une pluie torrentielle tomba pendant toute la journée du dimanche 2 septembre; les frais existaient, la recette fut nulle. Notre perte s'éleva à plus de 6,000 francs. Pour atténuer ce désastre, le baron Taylor, âme généreuse que nul obstacle ne saurait arrêter, obtint de la gracieuse bienveillance de l'Empereur l'autorisation de donner une fête au Pré-Catelan, avec le concours des musiques des Guides, des Zouaves et des Voltigeurs de la Garde impériale. Tous déployèrent un zèle admirable pour réparer nos malheurs. Le jour de ce magnifique festival fut fixé au dimanche 7 octobre; des affiches l'annoncèrent trois semaines à l'avance. — Et le sieur Pissot, lui, le président de la fête des jardiniers, lui qui connaissait nos pertes, lui qui nous devait protection, organisa et autorisa, pour ce même jour, une concurrence désastreuse. Sans pudeur, il osa établir, barrant notre chemin, à cinq cents mètres du Pré-Catelan, — arrêtant ainsi le public qui se rendait à notre fête, — la première Régate sur le lac du Bois de Boulogne!...

La conduite de ce garde forestier, dans cette circonstance, n'a aucune excuse. — M. Pissot fait le mal pour le mal, dût-il s'infliger à lui-même des démentis par des rapports qui se contredisent les uns les autres. Nous le prouverons à la fin de ce chapitre, en le mettant en face de ses propres écrits.

. . . .

. . . .

Le Pré-Catelan était bien mort, et, depuis 1860 jusqu'en 1862, pas un concert, pas une fête ne furent donnés dans ce Parc splendide, que le conservateur Pissot avait rêvé d'anéantir. Que de fois ne nous l'a-t-il pas dit dans son langage plus que brutal!... Aussi fut-il furieux le jour où il entendit les premiers accents de l'orchestre Musard venir réveiller les échos endormis du Bois de Boulogne. Ce fut le premier concert du printemps. — Nous l'avions organisé en quarante-huit heures; et, le dimanche de Pâques 1862, par un magnifique soleil d'avril, dix mille spectateurs, tous heureux et joyeux de fêter le Renouveau et la Résurrection du Pré-Catelan, nous prodiguèrent avec enthousiasme leurs bravos et leurs encouragements. Fiers de ce baptême populaire et artistique, nous sommes entrés résolûment dans la voie du progrès et des améliorations. L'immobilité, qui n'est ni de notre temps, ni de notre pays, ne pouvait en aucune façon nous convenir.

Aussi, ne reculant ni devant le travail, ni devant les dépenses, voulant faire bien et beau, aux concerts de symphonie avons-nous soudé, dès les premiers jours, les concerts vocaux. Aussitôt les portes du Pré-Catelan furent toutes grandes ouvertes aux Sociétés orphéoniques, ces belles phalanges d'harmonie dont la France est, à juste titre, si fière et si orgueilleuse.

N'oubliant jamais que, sous notre direction, le Pré-Catelan devait rester le salon d'été de la capitale, où chaque dimanche le père de famille saurait trouver pour lui et ses enfants une récréation agréable, instructive, et surtout honnête, nous avons eu la pensée de créer des bals d'enfants, uniques en Europe. Leur succès a dépassé toutes nos espérances. La joie de ces beaux anges, espoir du foyer domestique, et la satisfaction des mères de famille, nous ont largement récompensé de nos efforts et de nos travaux.

Malgré les entraves d'un cahier des charges restrictif, dû à la malsaine inspiration du conservateur Pissot, successivement et avec une ferme persévérance, nous avons agrandi le cadre des fêtes du Pré-Catelan. Puissamment secondé par un homme d'élite dont la grande intelligence n'a d'égale que la bonté excessive du cœur, — nous avons nommé M. le sénateur baron TAYLOR, cette radieuse providence sur terre des artistes, — nous avons pu produire de splendides festivals militaires. Nous ne ferons ni la description, ni l'éloge de ces brillantes solennités musicales dont le Pré-Catelan sera toujours fier. La Presse parisienne, sans exception aucune, a rendu toute justice à ces concerts uniques, dans lesquels, avec la haute et bienveillante protection de l'Empereur, l'art tendait fraternellement la main au plaisir pour venir en aide à l'infortune et au malheur.

Amoureux des progrès de la science, cet arbre de vie qui donne à l'homme des fruits si précieux, nous nous sommes fait un devoir d'accueillir au Pré-Catelan ces penseurs hardis et convaincus, qui recherchent la solution du grand problème de la navigation aérienne. Des ascensions aérostatiques ont eu lieu en présence d'une foule immense de spectateurs, toujours avides de ces expériences émouvantes et grandioses. Ennemi de la science comme de l'art, le conservateur Pissot nous fit défendre ces spectacles ; et malgré toutes nos demandes, jamais nous n'avons obtenu depuis l'autorisation de faire enlever au Pré-Catelan ni ballons à gaz, ni montgolfières. Et cependant l'Empereur, ami sincère des progrès scientifiques, avec sa bienveillance habituelle, nous donnait le Champ-de-Mars pour opérer l'ascension du *Pôle-Nord*.

Privés des ballons, et voulant varier nos programmes, nous avons restauré à nos frais le théâtre des Fleurs. Ces intermèdes de chant, que précédait une bonne comédie et que clôturait un joyeux vaudeville, ont été accueillis avec la plus grande faveur par le public d'élite qui, chaque dimanche, venait se délasser des fatigues de la semaine sous les frais ombrages du Pré-Catelan.

En même temps, encouragés par nos illustrations artistiques, qui s'empressaient de répondre à notre appel en nous prêtant le concours le plus désintéressé, nous avons organisé ces immenses luttes orphéoniques, qui ont éclairé, comme un météore lumineux, les fêtes des étés de 1865, 1866, 1867, 1868 et 1869. C'est dans ces pacifiques tournois que, tour à tour, les sociétés chorales, les fanfares et les sociétés d'harmonie, non pas de Paris seulement, mais accourues des points les plus éloignés de la France et de l'Etranger, sont venues, luttant de zèle, de bon vouloir et de science musicale, recueillir des lauriers immortels, — fécondes récompenses dignement acquises et justement décernées par des jurys d'élite, gloires de notre Institut, de notre Conservatoire, de nos théâtres lyriques et de nos magnifiques musiques militaires. — Qui n'a gardé le souvenir du Camp des fanfares, du Concours universel de 1867, de la mémorable fête donnée par les musiques réunies d'Autriche, de Prusse, de Bavière et de Saxe, du grand festival allemand, de la création du concours de lecture à première vue?..

La vaste et superbe pelouse du Pré-Catelan est admirablement disposée pour toutes les solennités. Dans ce cadre merveilleux de verdure et de fleurs, les fêtes paraissent plus belles et plus séduisantes. C'est là donc que nous avons établi les grands jeux des gymnastes allemands, les splendides anniversaires de l'Indépendance américaine, les ravissantes expositions horticoles et florales, les ascensions aérostatiques, et le théâtre de la Nature pour la fête des jardiniers.

Un jour l'industrie française, cette robuste fille du progrès et de la civilisation, toujours en éveil, toujours en marche, découvre une nouvelle voie, une branche féconde. Le Vélocipède paraît. Ce cheval de bois et de fer, qui ne consomme ni houille ni avoine, qui ne ruinera jamais son propriétaire par ses dépenses journalières, tout en lui rendant de précieux services, ce cheval excita au plus haut point la curiosité de tous, après avoir fait déborder l'enthousiasme des uns et fait éclater les colères des autres. Ne doit-on pas toujours compter avec dame routine, dès que le progrès s'affirme par quelque découverte?... La fantaisie d'abord s'empara du Vélocipède. — L'ouvrier l'étudia ensuite au point de vue de son utilité pratique; des usines se fondent, des milliers de bras travaillent; l'intelligence s'agite et le vélocipède est partout. On le perfectionne, on le rend nécessaire, — et cet inconnu d'hier devient la vogue d'aujourd'hui et le succès de demain.

Le Pré-Catelan lui ouvre ses portes. — Chez nous tout progrès a droit de cité. Nous aimons la liberté pour tous et non pour un seul. — La liberté, soleil vivifiant, doit luire partout, pour faire disparaître à jamais les ténèbres qui seules engendrent la misère et la souffrance.

Donc, avec la bienveillante autorisation de M. Alphand, tou-

jours si juste, toujours si paternel pour ses subordonnés, nous créons des Courses et des Expositions de vélocipèdes au Pré-Catelan. — Munis d'une autorisation écrite, nous croyons pouvoir exercer notre droit et donner des Courses de Vélocipèdes, conjointement avec nos fêtes musicales. — Erreur!... Le garde forestier Pissot met sa personne en travers. Ne pouvant anéantir la permission de son supérieur, M. le directeur de la voie publique, il affiche entre la Ville de Paris et le Pré-Catelan, à toutes les portes du Bois de Boulogne, un petit placard écrit en jargon anti-français, défendant à tout vélocipédiste d'arriver dans le Bois, si ce n'est en portant à dos ou sur une voiture son vélocipède. — Le public, qui de ses beaux deniers paie les appointements du Conservateur et des gardes, qui les habille et les chauffe; le public, qui paie l'entretien du Bois et toutes les dépenses, ne peut pas croire à une mesure d'un arbitraire si criant!... Il entre au Bois, — et soudain poussés, aiguillonnés par le Conservateur en personne, les gardes fondent sur les vélocipédistes, font la chasse aux pères de famille et à leurs enfants, arrêtant les uns, dressant des procès-verbaux contre les autres, et ce jeu révoltant se dénoue devant la police correctionnelle, après avoir porté l'atteinte la plus grave à notre exploitation. Et cependant, sur les recettes brutes de chacune de nos fêtes, nous payions :

1° — 10 p. 100 à la ville de Paris;

2° — 10 p. 100 aux pauvres de Boulogne;

3° — 5 p. 100 pour droits d'auteur;

Soit 25 p. 100 de la recette brute, non compris les patentes, les impositions, côtes mobilières et immobilières, centimes additionnels, droits proportionnels, redevances, frais de police, etc.

Est-ce là de la justice?

Avons-nous le droit de nous plaindre?

Nous ne voulons plus qu'on nous réponde : « *Si l'Empereur* « *savait, — si le gouvernement connaissait !...* »

C'est pour tuer cet argument suranné que nous avons écrit un peu cette brochure. — Et, afin que tout le monde *sache* et *connaisse*, nous l'avons livrée à la publicité, après nous être fait un devoir de la porter nous-même à Messieurs les ministres, les députés, les préfets, les membres de la commission municipale et aux divers chefs du service administratif.

Voilà ce que nous avons fait au Pré-Catelan. Toute notre direction est résumée dans les lignes qui précèdent. — Voici en quels termes la *Presse*, le *Public*, les *autorités artistiques* et même *administratives* ont exprimé leur jugement.

Sur les milliers d'articles dont les journaux de Paris, de la province et de l'étranger, tous signés des noms les plus autorisés dans le domaine de la littérature et de la critique, ont bien voulu honorer notre administration, nous choisirons quelques passages prouvant la beauté, la variété et le succès des fêtes du Pré-Catelan.

A tout seigneur, tout honneur :

Fiorentino écrivait dans le feuilleton du *Moniteur universel :*

Tout souriait le jour de Pâques; la joie était sur tous les visages, la satisfaction dans tous les cœurs ; le soleil flambait au ciel. — Le printemps avait convié aux délicieuses matinées du Pré Catelan les vrais amateurs de musique; et tout le Paris élégant et aristocratique avait répondu à ce gracieux appel. Beaucoup de somptueux équipages, où s'étalaient les toilettes les plus distinguées, sillonnaient les allées capricieuses du Pré Catelan, s'arrêtaient devant l'orchestre des concerts, écoutaient religieusement les admirables compositions de nos grands maîtres, applaudissaient avec enthousiasme, puis s'élançaient vers les spacieux quinconces que la verdure naissante des grands arbres commence à couronner; et là, ils assistaient au plus ravissant spectacle que puisse rêver le cœur d'une mère. De charmants bébés, frais et roses, éblouissants de santé, ivres de joie, bondissaient aux sons harmonieux de la bonne musique du 16e chasseurs à pied. Ce bal enfantin si vivant, si gai, déroulant ses folles spirales aux rayons dorés du soleil, dans un cadre tout animé, sous ce beau ciel bleu, était un des plus attrayants éléments de la fête... Il a admirablement réussi. Aussi chaque dimanche, les mères de famille se font un doux plaisir de conduire leurs enfants au bal du Pré Catelan. — L'orchestre, sous la direction savante de son habile chef, a fait merveille. Les applaudissements de plus de dix mille spectateurs disent plus haut que les louanges la valeur réelle de cette phalange d'élite. [Donc nous avions dit vrai : Le Pré Catelan est désormais le salon d'été de Paris.

—

Nous extrayons ceci du *Ménestrel*, organe autorisé et impartial, qui sait juger et juge bien :

La résurrection du *Pré Catelan*, ravissant bijou des promenades parisiennes, est aujourd'hui un fait accompli. Son orchestre de symphonie est parfaitement composé; le répertoire est des plus variés et des plus riches; les solistes qui portent nom : *Danbé*, *Legendre*, *Taffanel*, *Lalliet*, *Forestier*, *Lacoste*, *Robyns* et *Dufour*, nous présagent des succès auxquels nous ont habitués leurs triomphes passés. — Tout le Paris mélomane a déjà applaudi maintes fois leur remarquable talent. En s'attachant de pareils artistes, les eût-elle payés à prix d'or, la nouvelle direction a fait preuve de tact et d'intelligence.

Le *Pré Catelan* est une merveille que le génie musical vient d'animer. Là se réunira désormais l'élite de la société élégante et aristocratique de la capitale.

—

M. de Pène, dans sa *Gazette des Étrangers*, écrivait :

Dimanche, 3 mai, a été donné au *Pré Catelan*, avec le concours du Comité national de bienfaisance, un grand concert vocal et instrumental au profit des OUVRIERS COTONNIERS. Jamais Paris n'avait assisté à une plus belle fête. Tout le monde a voulu prêter son appui à cette œuvre de bienfaisance : le *Travail* était représenté par les députations des Sociétés chorales de la Seine et de Seine-et-Oise, qui, avec plus de MILLE chanteurs, ont exécuté parfaitement les plus beaux morceaux de leurs riches répertoires ; — l'*Armée* avait envoyé plusieurs musiques militaires; — l'*Art* avait offert ses plus habiles dilettanti, qui ont rendu, avec cet ensemble qui caractérise l'orchestre du *Pré Catelan*, les majestueuses compositions de nos grands maîtres; et le *Peuple* était là, apportant son obole et applaudissant. Dans cette fête de charité on a entendu, pour la première fois depuis son retour, LEGENDRE, piston solo qui n'a pas de rival. Il a joué une brillante fantaisie sur le *Trovatore*, et son merveilleux *Carnaval de Venise*, que lui seul peut exécuter. Admirablement organisée, cette solennité a été magnifique; et plus de dix mille spectateurs assistaient à ce beau concert, dû à l'initiative de notre excellent confrère M. T. Saint-Félix.

PRÉ CATELAN. — La fête donnée dimanche dernier a été magnifique. Jamais plus riche programme n'a mieux réalisé plus belles promesses. Admirablement organisée par une administration aussi active qu'intelligente, cette solennité musicale a parfaitement marché dans tout son ensemble. — L'aspect de ce jardin enchanteur, sillonné par des centaines d'équipages où se prélassaient les plus aristocratiques beautés, et animé par les joyeuses fanfares des musiques militaires, était vraiment féerique. Malgré l'incertitude du temps, une foule élégante et choisie s'était donné rendez-vous dans ce ravissant salon de la capitale, transformé en une splendide salle de concert, où chaque dimanche le véritable amateur vient applaudir, avec un juste enthousiasme, les chefs-d'œuvre de la musique toujours très-scrupuleusement exécutée par un orchestre de premier mérite, qui justifie pleinement son nom d'orchestre de symphonie. Ce n'est pas là que les divines mélodies des maîtres souverains prennent l'allure *cabriolante* de la musique échevelée et sans nom des salles de danse.

Sous l'impulsion intelligente de l'artiste éminent qui le dirige, l'orchestre a fait merveille. — *Danbé*, jeune virtuose du plus grand avenir, a joué avec une perfection rare un air varié pour violon, tiré par Allard du *Trovatore* de Verdi, et que le public a couvert de légitimes bravos. Fougue, pureté de sons, précision, énergie, justesse, rien ne manque à ce jeune talent qui marche à grands pas sur les traces glorieuses des Viotti, Vieuxtemps et Sivori. Acclamé avec frénésie, Legendre est toujours ce corniste sans égal qui défie toute comparaison. C'est le roi des pistons.

(*Messager des Théâtres.*)

GRANDE FÊTE AU PRÉ CATELAN.

Les Fêtes de bienfaisance se succèdent au Pré Catelan avec une rapidité sans exemple; naguère la foule était attirée par une grande fête au bénéfice des Ouvriers Rouennais; le jour de l'Ascension, c'était un festival au profit de l'Association des Artistes musiciens, dont le magnifique programme avait affriandé la société la plus nombreuse et la plus brillante.

Indépendamment des attrayantes promesses de l'affiche, c'était pour la foule des promeneurs un charmant spectacle que la foule elle-même, et ce nombreux concours de riches équipages qui semblaient s'envoler au milieu des pelouses et des allées de ce jardin enchanteur.

La fête était, du reste, honorée d'un auguste témoignage de sympathie : Les musiques de la Garde impériale s'y trouvaient réunies, d'après les ordres de l'Empereur.

Ces orchestres, disséminés dans tous les bosquets du jardin, alternaient leurs mélodies, de manière à former un concert incessant. De quelque côté que l'on se dirigeât, une musique délicieuse semblait vous attendre pour captiver votre attention.

On a particulièrement applaudi la remarquable musique de la gendarmerie de la Garde et celle des Guides, qui a exécuté d'une manière supérieure un morceau de M. Mohr, l'habile chef de cette bande harmonieuse; ce morceau a mis en relief l'admirable talent des solistes.

Le bouquet de cette remarquable solennité a été une retraite de M. Sellenick, chef de la musique du 2e des voltigeurs. Toutes les musiques présentes, renforcées de deux cents tambours et fifres, concouraient à l'exécution de cette marche entraînante. Il faisait beau voir cette réunion de brillants uniformes autour desquels se pressaient une multitude de dames somptueusement parées. Le même coup d'œil contemplait l'éclat des armes et celui de la beauté.

La bonne entente des programmes, la réussite prodigieuse de ces belles fêtes, ainsi que l'ordre admirable qui y préside, font le plus grand honneur à M. T. de Saint-Félix, le jeune et aimable auteur que chacun connaît, et qui joint à son mérite littéraire le talent d'un habile administrateur.

T. de la Roselaye.

(*Univers Musical.*)

Le *Moniteur de la jeunesse*, recueil approuvé par l'Université, que la Société des amis de l'enfance patronne et édite, recommandait lui-même le *Pré-Catelan*.

Une nouvelle et magnifique avenue met Paris en communication avec le Bois de Boulogne. Elle porte le nom d'*avenue de l'Impératrice*, et partant de l'Arc de Triomphe de l'Etoile, elle conduit directement au *Pré Catelan*, ravissant Eden situé au milieu du Bois, et où la nature et l'art ont réuni tous leurs charmes, toutes leurs beautés, toutes leurs séductions. Aussi sommes-nous heureux de recommander aux pères de famille le *Pré Catelan* comme but de promenade, le dimanche.

Sous les frais et riants ombrages de ce jardin enchanté, au milieu de corbeilles fleuries qu'arrosent les ruisseaux les plus capricieux et les plus limpides, un orchestre justement aimé donne de superbes concerts de jour. — C'est là que l'élite de la société parisienne fixe ses rendez-vous de prédilection.

Les succès de ces belles matinées musicales où, sous l'influence intelligente et sévère d'une habile direction, on exécute les chefs-d'œuvre des grands maîtres de toutes les écoles avec le scrupule le plus religieux, légitiment la vogue du *Pré Catelan*, tout en grandissant la gloire des éminents solistes, qui portent nom : Legendre, Danbé, Lalliet, Forestier, Delpech, Taffanel, Saint-Jacome, Léon Grisez et Schlottman.

Que la musique de Beethoven, de Bach, de Rossini, de Mozart, de Mendelssohn, de Verdi, d'Auber, d'Haydn, de Donizetti, d'Adam, d'Halévy, de Meyerbeer, de Weber nous paraît ravissante, divine, rendue par cet orchestre d'élite! Que les fraîches compositions de nos jeunes maîtres nous paraissent sémillantes et vives!...

Dans ce jardin féerique que la municipalité parisienne a confié à la bonne et vaillante direction de M. Saint-Félix, aux attraits d'une musique délicieuse, de la verdure, des fleurs printanières, des belles toilettes, de la bonne société et des brillantes réunions, viennent se joindre les charmes d'un gentil théâtre de magie, bien coquet et bien mignon, où Dieudonné, l'habile prestidigitateur, exécute les tours les plus étourdissants en faisant pleuvoir sur les spectateurs des trombes d'éventails, de jouets et de fleurs. — Ajoutez à toutes ces séductions les distractions innocentes que procurent tous les jeux enfantins qu'on a réunis dans cet Eldorado, pour faire la joie des jolis chérubins roses et blonds, qui sont l'espoir et l'orgueil de la famille.

C'est au *Pré Catelan*, désormais le paradis des enfants et celui aussi des grands parents, que viennent en foule, chaque dimanche, les familles qui veulent offrir à leurs enfants une récréation utile et agréable.

L'*Indépendance Belge*, si parcimonieuse en fait d'éloges, consacrait une partie de ses colonnes au compte rendu de nos fêtes aérostatiques. Elle s'exprimait ainsi dans un numéro d'octobre 1865 :

Dimanche dernier, malgré un temps des plus douteux, une foule considérable de spectateurs s'était donné rendez-vous au *Pré Catelan*, pour assister à la neuvième ascension de la colossale montgolfière l'*Aigle*, construite, gonflée et montée par Eugène Godard, aéronaute de S. M. l'Empereur. Ayant fait partie de cette ascension, je crois devoir vous en communiquer quelques détails.

Le succès a été complet. L'*Aigle*, gigantesque aérostat qui cube 14,000 mètres, soit 8,000 mètres environ de plus que le *Géant* de Nadar, qui mesure 35 mètres 72 centimètres de hauteur, non compris la vaste nacelle, qui a 29 mètres 50 centimètres de diamètre, 92 mètres 30 centimètres de circonférence, 2,840 mètres de surface et qui pèse, avec ses accessoires et ses passagers, environ 4,000 kilogrammes, a été, en présence du public, gonflé au moyen d'un appareil nouveau, en moins de 40 minutes.

Six voyageurs ont pris place dans la nacelle : à mes côtés, des notabilités de la presse et de la science se rangent avec une émotion bien légitime. Nous contemplons la masse qui suit, d'un œil anxieux, tous les mouvements du colosse. Godard commande la manœuvre, et, malgré les brises qui soufflent par moments avec assez de violence, l'*Aigle* va, vient et papillonne au ras de terre dans l'immense enceinte du *Pré Catelan*. Eugène Godard s'élance dans la nacelle, prononce d'une voix tonnante le fameux : « *Lâchez tout!* » et nous montons lentement dans les airs.

Nous planons au-dessus de la grande capitale, et les spectateurs du *Pré Catelan* nous saluent de leurs bravos frénétiques.

Je ne décrirai pas les tableaux enchanteurs qui s'offraient à notre vue. Le Bois de Boulogne nous apparut d'abord comme un bouquet tout mignon d'arbres ; la Seine reluisait aux derniers feux du jour, comme une jolie couleuvre déroulant au soleil ses anneaux capricieux, et Paris, la grande ville, dont les feux s'allumaient de loin en loin, se détachait à nos pieds comme une joyeuse ruche d'abeilles, centre de travail et de progrès.

La Patrie, après avoir rendu compte de la résurrection du *Pré Catelan*, terminait ainsi son feuilleton du dernier lundi de mai 1867 :

... Oui, c'est à l'union heureuse des gloires du *passé*, des richesses du *présent* et des promesses de l'*avenir*, que les CONCERTS de ce magnifique jardin doivent leur immense vogue.

Un administrateur aussi zélé qu'actif, homme du monde avant tout, a su réunir tous les plaisirs honnêtes au Pré Catelan. — M. *Alphand* avait taillé, en plein Bois de Boulogne, un royal diamant ; *Musard* en avait fait le plus ravissant concert d'Europe, et Saint-Félix en a formé à la fois un salon d'été pour la bonne compagnie et un paradis terrestre pour les enfants.

L'Entr'acte relatait en ces termes le succès de la fête du mois d'août :

La grande fête nationale et militaire, donnée dimanche dernier au Pré Catelan, ce ravissant salon de la capitale, a été des plus brillantes. Tout le beau Paris et l'élite des nombreux étrangers, qui depuis quelques jours sont nos hôtes, assistaient à ce spectacle unique. Parmi les notabilités qui ont honoré de leur présence ce splendide festival, si magnifiquement organisé, on remarquait LL. Exc. les maréchaux Canrobert et le comte Regnault de Saint-Jean d'Angely; MM. Auber, l'illustre directeur du Conservatoire impérial de musique, *Rossini*, l'immortel chantre de Guillaume et d'Othello, le comte Pallavicini, et un grand nombre d'officiers supérieurs. La fine fleur de la critique parisienne, s'abritant sous les grands arbres de ce parc féerique, écoutait et applaudissait sans réserve le mélodieux orchestre de symphonie.

Quelle belle fête! Quelle splendide journée! Quelle superbe réunion de monde comme il faut, d'élégantes toilettes, de riches équipages!...

Lorsque toutes les musiques étaient réunies, avec les tambours et les clairons, sur la vaste pelouse du Pré-Catelan, exécutant les ouvertures de *Zampa*, des *Diamants de la Couronne*, et le chant national de la France écrit par la Reine Hortense, l'auguste mère de notre Empereur, cet immense tapis de verdure, entouré par une ceinture vivante, composée d'au moins quinze mille spectateurs de tous rangs, de tout sexe et de tout âge, offrait à l'œil ravi un de ces spectacles merveilleusement féeriques, que plume, crayon ou pinceau seraient impuissants à rendre... La direction du Pré-Catelan a prouvé une fois encore qu'elle comprenait les grandes pensées et qu'elle savait organiser les grandes fêtes, qui sont la gloire de l'art, la joie du peuple et la consolation du malheur.

Nous lisons dans la *Revue et Gazette des Théâtres* :

La fête donnée Dimanche dernier dans ce ravissant jardin, le plus beau de l'Europe, avec le concours de toutes les musiques de la GARDE IMPÉRIALE, a été splendide, malgré les menaces d'un ciel chargé de nuages. Plus de quinze mille auditeurs, élite de la grande capitale, assistaient à ce superbe tournoi, qui marquera dans les fastes des plaisirs de l'Été de 1868. — En jouissant de ce merveilleux spectacle, n'accomplissait-on pas d'ailleurs une bonne action?...

Un homme de cœur, grande âme et intelligence supérieure, s'est trouvé un jour en face des misères sans nombre qui assiégent journellement la grande famille des artistes, et désolé par ces grandes infortunes, il a voulu faire cesser le mal. — Relever l'homme, lui donner par le bien-être l'espoir et le courage, voilà la pensée éminemment philanthropique qui a guidé le Baron TAYLOR, quand il a fondé l'association, aujourd'hui si florissante, des artistes musiciens. Au prix d'un labeur incessant, avec une énergie indomptable, ne reculant devant aucun sacrifice, le Baron Taylor a réalisé une fortune immense pour les sociétés d'artistes dramatiques, Musiciens, Peintres, Sculpteurs, Inventeurs. Il a réuni plus de 4 MILLIONS.... Et les détracteurs d'HIER et les jaloux d'AUJOURD'HUI crient au miracle, car l'œuvre du Baron Taylor est bien réellement un miracle.

C'était encore pour les membres de sa famille d'artistes que, providence toujours en éveil, le Baron Taylor avait organisé la splendide solennité qui réunissait de si beau monde au PRÉ-CATELAN. — Pour cette fête unique, il avait obtenu de l'inépuisable bonté de SA MAJESTÉ les musiques de la Garde impériale.

Quel magique tableau!... Le parc est tout fleuri... Partout de la verdure, des parfums, de fraîches toilettes, des cœurs bondissants de joie, des figures que le bonheur semblait épanouir, et partout de mélodieux accords.

Au milieu du vaste carré des Rhododendrons en fleur, campait la brillante fanfare des zouaves, exécutant avec une verve toute française l'ouverture de SUPPE, une délicieuse fantaisie sur le TROUVÈRE, et la gracieuse et sentimentale valse écrite par son chef M. HEMMERLÉ, compositeur et virtuose de grand mérite.

Sous les grands ormes de la pelouse des Myosotis, le 3me Grenadiers, ayant à sa tête un artiste de grand talent, M. BRUNET, détaille avec une finesse d'exécution et une vérité expressive des plus admirables une charmante fantaisie sur les airs les plus séduisants d'*Haydée*, perle fine tirée du riche écrin d'Auber. Phrasant bien, attaquant avec vigueur, donnant à la musique son vrai caractère, n'altérant jamais l'œuvre du maître, la musique du troisième Grenadiers a obtenu un légitime succès.

Sur la droite, à côté du Palais des Colibris, le 1er Grenadiers, dirigé par le maëstro qui porte nom Léon MAGNIER, soulève des tempêtes de bravos. Cette musique d'élite a rendu avec une perfection rare l'ouverture de *Guillaume-Tell*, diamant le plus pur de la radieuse couronne de Rossini. Le crescendo a été enlevé d'enthousiasme. On ne saurait mieux faire sentir les beautés du divin chef-d'œuvre. La fantaisie sur *Rigoletto* a produit le plus grand effet.

Ecoutez ces accents harmonieux : C'est la musique de la Gendarmerie qui joue là-bas, sous les vieux chênes du Bal d'Enfants, l'ouverture de ZAMPA, cette page grandiose signée du nom d'Hérold. — Il est difficile à une musique d'harmonie de mieux exécuter, de nuancer avec plus de goût et de rendre avec plus de précision les œuvres capitales des grands maîtres.

Cette belle fête de l'art et de la charité a été couronnée par l'exécution, sous la conduite de l'auteur, M. Léon MAGNIER, de la *Retraite de Crimée* Après avoir joué de pied ferme, la masse musicale, précédée par les tambours et les fifres, s'est ébranlée, et faisant tête de colonne à droite, elle a défilé en jouant la retraite le long de la grande allée qui se poursuit, entourée de grands arbres, tout autour du Pré-Catelan. — Dix mille spectateurs battaient des mains et criaient bravo, et plus de cinq cents équipages suivaient les musiques dont la tête se perdait déjà sous les dômes touffus du Bois de Boulogne. La moisson a été abondante pour.... la caisse des Artistes.

Dans un excellent article, le rédacteur scientifique de *l'Opinion nationale* écrivait :

L'ascension de la gigantesque montgolfière l'*Aigle* s'est effectuée dimanche dernier au Pré-Catelan, Bois de Boulogne, avec un succès qui, dépassant toute espérance, met à néant les pronostics des jaloux et des malveillauts, toujours doublés des gens ignorants et à vues étroites.

Cet aérostat colossal cube 14,000 mètres, — 8,000 mètres environ de plus que le *Géant*.

Malgré le temps incertain et pluvieux de dimanche dernier, et surtout malgré les raffales du vent sud-sud-est, qui par moments prenaient une grande intensité, l'*Aigle* fut gonflé en 38 minutes. On brûla 19 bottes de paille, pesant environ 10 kilos chacune. A quatre heures vingt-cinq minutes, parfaitement arrondie, ayant à bord de sa nacelle six passagers, la montgolfière papillonna quelques instants sur la vaste pelouse du Pré-Catelan; puis, prenant lentement son essor, elle s'éleva dans les airs, au bruit des hourras et des bravos frénétiques de la foule enthousiasmée.

Nous apprenons que, sur *demande expresse*, dimanche prochain, une nouvelle expérience aérostatique aura lieu au *Pré-Catelan*, en présence d'une Commission scientifique.

La vaillante plume d'Alexandre Dumas, une bonne et fière lame, s'exprimait ainsi dans le *D'Artagnan*, du mois de mai 1868 :

Le succès obtenu dimanche dernier au *Pré-Catelan* par la remarquable musique des Zouaves de la Garde Impériale, admirablement conduite par son habile chef, M. Hemmerlé, artiste-compositeur d'un mérite indiscutable, a été des plus éclatants. Jamais ouverture de concert d'été n'a été plus brillante; la journée était splendide, et le jardin, unique en Europe, est ravissant de verdure et de fleurs. La belle scène musicale : de Paris a Londres, vrai bijou d'harmonie imitative, a produit un grand effet, et chacune des quatre parties de cette charmante composition a été couverte de bravos. C'est avec un juste enthousiasme que les élégants visiteurs du Pré-Catelan, en très-grand nombre, malgré les courses, ont applaudi les délicieuses fantaisies de Faust, du Trouvère, de Robert le Diable et de la Dame Blanche.

L'administration de ce parc ravissant fait chaque jour preuve de haute intelligence, de zèle et de capacité. On sent là le savoir d'un maître et le cœur d'un dilettante.

Le journal l'*Orphéon*, par la plume autorisée de son rédacteur en chef, artiste du plus grand mérite, rendait compte en ces termes du grand concours de 1866 :

Le Concours ouvert au Pré-Catelan, le dimanche 16 de ce mois, a été sans aucun doute l'une des plus brillantes fêtes populaires où le public parisien ait jamais été convié. Le beau y fraternisait avec le bien, l'art avec la bienfaisance.

Ainsi que nous l'avons annoncé, environ quatre-vingts sociétés civiles de fanfare et d'harmonie, venues de tous les points de l'Empire, ont pris part à cette lutte harmonieuse.

Quatre jurys, composés de hautes illustrations musicales, de membres de l'Institut, de professeurs du Conservatoire, de chefs de musiques de la Garde et d'artistes renommés à différents titres, ont jugé du mérite relatif des sociétés et des musiques concurrentes, et décerné les récompenses aux vainqueurs.

Les récompenses données aux musiques victorieuses étaient nombreuses et importantes. La lutte fut vive et le triomphe glorieux.

Beaucoup de personnes, heureuses de concourir à une bonne action et d'encourager, en le favorisant, le progrès des musiques populaires, ont donné des médailles au vénérable fondateur des associations d'artistes, M. le baron Taylor.

Médaille d'or donnée par S. M. l'Empereur.

M. T. Saint-Félix, directeur du Pré-Catelan, a offert deux médailles d'or et quatre médailles d'argent.

Le 16 juillet 1866 sera une date remarquable dans les annales de l'Orphéon instrumental de France.

Les Sociétés, les artistes, les amateurs, le public, tout le monde a accueilli avec joie et espérance la *Fête de l'industrie*. Toutes les voix autorisées de la presse musicale ont publiquement applaudi à l'idée si artistique, si morale et si généreuse de M. le baron Taylor. Dans ce concert de sympathiques et intelligentes louanges, il n'y a pas eu une seule petite fausse note.

Le rédacteur en chef,

Jules SIMON.

—

Dans la *Petite Presse* du mardi 1er septembre 1868, nous lisons :

LA FÊTE DES JARDINIERS AU PRÉ-CATELAN.

Hier, au Pré-Catelan, au milieu des corbeilles et des massifs des fleurs éclatantes et des gazons verts, les jardiniers de la Ville de Paris ont fêté leur patron, saint Fiacre, avec une pompe à rendre tous les autres saints jaloux...

M. T. Saint-Félix, homme du monde et directeur aussi actif qu'intelligent, faisait les honneurs de la fête avec une grâce toute charmante. Du reste, tout était ravissant, féerique ; et saint Fiacre doit être satisfait de M. Barillet-Deschamps, jardinier en chef et directeur du comité d'organisation.

Instituée dans un but de bienfaisance, cette fête annuelle est donnée en faveur de la caisse de secours mutuels de la *Société du Bois de Boulogne.*

Temps splendide et foule énorme, théâtre et concerts, ballons animés, tombolas, courses à ânes, courses aux lapins sauvages, intermèdes vocaux et comiques, tambours, fanfares, retraite solennelle exécutée par la musique des zouaves : voilà pour la fête de jour.

A huit heures du soir, les salves d'artillerie et les bombes d'artifice annoncent la fête de nuit; les trompes éclatent, les clairons sonnent, le parc s'illumine, la foule accourt. Tout est lumineux, fleuri; transformés en candélabres gigantesques, les arbres supportent des grappes de verres de couleurs, des bouquets de lanternes vénitiennes, et, le long des allées, autour des massifs, les lampions scintillent et forment comme des bordures de vers luisants.

D'un bout du jardin à l'autre, les calèches roulent, la foule serpente, et ses cors de chasse dialoguent joyeusement sous les grands arbres, délicieusement éclairés.

Le centre de la fête est le bal des Jardiniers ; l'orchestre part, les quadrilles s'organisent, les jeunes et fraîches jardinières pirouettent et tourbillonnent. Beaucoup sont charmantes. On dirait qu'elles ont pris quelque chose de leurs fleurs : c'est un parterre féminin, des fleurs animées, des roses qui font la chaîne des dames, des pivoines et des marguerites qui dansent le galop.

A côté du bal se dresse un bouquet colossal, un obélisque fleuri, éclatant comme une mosaïque, un parterre *monté*. Il a bien vingt pieds de haut.

Autour du bal, la foule se presse, les chaises et les tables sont envahies, le punch fume, la bière mousse. Des femmes du monde quittent leur équipage pour venir contempler les joyeuses polkas, saluées par les fusées et ponctuées par les bombes.

A onze heures, les fanfares et les tambours annoncent le feu d'artifice, tiré par *Honoré*, le célèbre artificier de la Ville de Paris. Il est charmant et très-applaudi. Le bouquet surtout a été splendide, comme cela devait être chez des jardiniers.

Après le feu d'artifice, embrasement général du Pré-Catelan par des feux de Bengale.

C'est un paysage fantastique, insensé, tricolore, et les flammes changeantes, illuminant le dernier galop, produisent un orchestre rose, des dames vertes et des cavaliers bleus...

Enfin, une retraite aux flambeaux, solennelle et pittoresque, termine cette fête que peuvent résumer ces trois mots : lumière, harmonie, parfum.

FULBERT-DUMONTEIL.

La *Presse Orphéonique* célébrait le Concours universel de 1867 dans l'article suivant, que nous sommes heureux de reproduire :

Le grand concours du Pré Catelan, qui a eu lieu dimanche dernier, est plus qu'un événement ; c'est une assise puissante, une date qui marque dans l'histoire d'un pays. Plus de cent sociétés d'harmonie, venant de tous les points de l'Empire, avaient répondu à l'appel du baron Taylor, cette grande personnification du dévouement et du désintéressement.... Vénérable figure qui domine notre siècle, commandant par ses vertus le respect et forçant, par son énergique persévérance pour le bien, l'admiration de tous les cœurs honnêtes et loyaux.

La fête a été splendide. Rien n'avait été négligé par l'intelligente direction de ce jardin féerique, la plus jolie merveille qu'ait créé le génie si fécond de M. Alphand, l'éminent ingénieur en chef des promenades de la Ville de Paris. A cet homme supérieur, grand cœur et noble caractère, la vieille Lutèce doit ses plus gracieuses promenades, qui répandent partout la vie et l'animation, tout en laissant librement circuler l'air et rayonner le soleil.

Quel plus consolant spectacle !... Réunis en un faisceau fraternel, près de trois mille concurrents, inconnus *hier*, amis *aujourd'hui*, descendaient dans l'arène, le front serein, l'âme calme et le cœur joyeux, pour conquérir les palmes, vierges celles-là de toutes larmes, qu'allaient leur décerner les sommités artistiques de la France. Paris est fier de ce Concours, qui a tenu toutes ses promesses, en ouvrant à tous un bel avenir pour le progrès de la musique et des arts.

L'Empereur et la famille impériale, dont la bonté est inépuisable, avaient daigné protéger l'œuvre en accordant, avec cette libéralité si généreuse qui s'étend partout et sur tous, cinq médailles d'or d'une grande valeur et d'un remarquable travail. Leurs Excellences Messieurs les ministres des Beaux-Arts, de l'Intérieur et de l'Instruction publique, comprenant toute la portée de ce festival fraternel, donné au profit du malheur et de la souffrance, avaient enrichi de leurs dons la série des récompenses.

Jamais concours n'avait offert d'aussi belles récompenses. — La lutte fut vive, animée, superbe. Les quatre jurys, ayant pour présidents : MM. Ambroise Thomas, Reyer, François Bazin et Georges Kastner, grandes illustrations françaises, ont impartialement fait leur devoir. Jugés par d'aussi éminentes sommités artistiques, les concurrents doivent être fiers du jugement qui leur a accordé les récompenses, car la récompense s'accroît de toute la valeur de l'homme qui la donne.

Décrirons-nous l'enthousiasme du peuple de Paris, qui trépignait de joie et applaudissait avec frénésie? Nos frères des départements l'ont vu à l'œuvre, ce peuple ardent, tout cœur et tout intelligence. Ils l'ont jugé.

La journée a été bonne pour tous. Tous ont vaillamment rempli leur mission. Nous sommes heureux d'adresser personnellement, à toutes les sociétés qui ont pris part au Concours, nos remercîments bien sincères. Dans toutes, nous avons trouvé des hommes de cœur, de talent et d'ordre, doublés d'artistes d'un mérite bien réel. Encore une fois, merci, merci à vous tous qui avez rendu notre tâche si douce et si facile!

Les prix ont été nombreux, vivement disputés et chaleureusement applaudis.

Dans ce tournoi pacifique, la récompense a été donnée aux plus méritants. — Honneur donc aux vainqueurs!... Courage à ceux qui n'ont pas été favorisés; encore quelques efforts, et les vaincus d'aujourd'hui seront les triomphateurs de demain.

La distribution solennelle des prix, au milieu d'une foule enthousiaste qui applaudissait avec frénésie, a clôturé cette magnifique fête de l'art et de la charité. En voyant défiler ces belles sociétés, glorieuses d'avoir lutté, s'abritant sous les plis de leurs bannières ornées de leurs palmes, on sentait le cœur déborder de joie et d'orgueil. Merci à tous ceux qui ont prêté leur concours.... La fête d'août 1867 est aujourd'hui un anniversaire.... Chaque année, le Pré Catelan fêtera cette mémorable journée, la plus radieuse entre les plus belles.

Après les fêtes d'orphéons, de jardiniers, et militaires, voici les fêtes de l'industrie, les Courses, Concours et Expositions de Vélocipèdes.

Sous ce titre : Les Vélocipèdes au *Pré-Catelan*, le journal le *Vélocipède illustré* écrivait, le 1er avril 1869 :

L'intelligent et spirituel directeur du Pré Catelan, M. T. de Saint-Félix, à l'affût de toutes les nouveautés, de toutes les innovations qui peuvent exciter l'intérêt ou la curiosité du public, a donné une large part aux Vélocipèdes dans les programmes de ses fêtes de printemps et d'été.

Il a compris la valeur pratique de ce nouveau genre de locomotion, et les améliorations qu'il doit apporter dans les rapports sociaux des habitants des villes et des campagnes. Aussi, l'administration de ce jardin merveilleux, si justement appelé la Corbeille de Fleurs du Bois de Boulogne, organise, pour la belle saison, des *Concours*, des *Courses* et des *Expositions* de Vélocipèdes.

Les *Concours* sont destinés à faciliter des études comparatives, qui permettront de développer cette branche d'industrie et d'adopter les modes de fabrication les plus avantageux. La vogue des Vélocipèdes s'accroît chaque jour, et ces luttes pacifiques sont un encouragement et un stimulant précieux.

Les *Courses* permettent de constater les progrès individuels dans l'art du Vélocipédiste. Il ne s'agit pas seulement d'arriver plus tôt, mais de se diriger avec sûreté et de conserver un parfait équilibre. De là, différents genres de courses : — courses de vitesse, — courses d'obstacles, — courses de lenteur. Il ne faut pas oublier que si le Vélocipède est un amusement et un luxe pour bien des gens, il a son côté utile et pratique qui représente son avenir sérieux.

Enfin, les *Expositions* sont destinées à faire connaître les nouveaux modèles et les nouvelles applications du Vélocipède, qui sont beaucoup plus nombreuses qu'on le croit.

Il est difficile de trouver un centre de réunion mieux choisi que le Pré Catelan pour des solennités pareilles. Ce jardin, aux allées unies et sablées, à pentes douces, est depuis nombre d'années le rendez-vous des élégants habitués du Bois de Boulogne et de la bonne société de Paris.

Nous lisons dans le feuilleton du journal le *Siècle :*

Les Courses de Vélocipèdes du PRÉ CATELAN sont le GREAT ATTRACTION de l'Eté de 1869. Dimanche dernier, plus de dix mille spectateurs, élite de la société parisienne, assistaient à ces belles luttes, où l'homme par son adresse, et l'industrie par sa merveilleuse création, rivalisent avec le cheval.

La Course d'enfants a été gagnée par le jeune Hottinguer, serré de près par le jeune Michaux.

La Course de vitesse, pour véloces de 90 centimètres, a été vivement enlevée par M. Castera, du Véloce-Club de Paris. Dans la Course de lenteur, M. Durutty est arrivé beau dernier, par conséquent vainqueur.

La grande Course de vitesse, pour véloces d'un mètre, prix 150 francs, 1,000 mètres de parcours, 18 engagés, a été brillamment gagnée par M. Castera, champion du Véloce-Club.

Nous terminons cette longue série de citations, non que nos cartons soient vides, — nous possédons plus de deux mille articles qui attestent les succès de notre direction, — mais pour ne pas fatiguer la bienveillance de nos lecteurs.

Les fêtes du Pré-Catelan ont brillamment clôturé la saison de l'été de 1869. — Nous empruntons au *Vélocipède illustré*, du 8 novembre 1869, un article qui rend un compte fidèle de ces journées de courses.

PRÉ CATELAN

Courses des 31 *octobre et* 1er *novembre* 1869.

La pluie, qui n'a cessé de tomber la semaine dernière, donnait les plus grandes inquiétudes pour les fêtes du Pré-Catelan. Heureusement qu'il doit exister au ciel un saint quelconque, martyr probablement de la Vélocipédie aux premiers temps de l'ère chrétienne, qui a intercédé auprès des autres bienheureux pour empêcher que des torrents d'eau n'inondassent les Vélocemen.

Voilà pour le Véloce trois journées, au moins deux, qui peuvent être comptées parmi les meilleures. La première a été consacrée à l'ex amen de nouveaux bicycles, tricycles, quadricycles, etc., dont notre confrère Laurencin rendra compte dans des articles spéciaux.

A la première Course de vitesse, 1,400 mètres environ à parcourir, 8 Coureurs se présentent. M. *Moore*, qui peut compter ses victoires par le nombre des rayons de son bicycle, arrive premier, avec une avance de 50 mètres environ sur M. *Meyer*.

Au nombre des Coureurs de la seconde Course, on voyait figurer M. *Pierre* du Vélo-Club de Lyon, et M. *Castera*. Ce sont de rudes champions qui se sont chaudement disputé le prix. — M. *Pierre, de Lyon*, arrive premier avec 30 mètres d'avance sur M. *Castera*.

La Course de lenteur n'a eu qu'un seul vainqueur, M. *Guiraud*. — Les cinq autres concurrents sont tombés avant de toucher au but. Quant au Concours d'adresse, la décision du jury a été ajournée, le résultat du Concours du lendemain devant être confondu avec celui de la veille.

Le prix du Véloce-Club a été disputé par 12 Coureurs et gagné par M. *Meyer*. — Il consistait en deux statuettes d'une grande valeur artistique, sortant des ateliers de M. Chaudé. — Le second prix a été obtenu par M. *Schmidt*. — Un léger incident s'est produit à cette dernière Course. Aux termes du règlement, les Vélocemen qui n'avaient pas remporté de premier prix dans d'autres Concours avaient seuls le droit d'en faire partie. Un Coureur anglais, M. *Johnson*, s'étant présenté, fut éliminé par le jury, comme vainqueur de Courses anglaises. Bien que hors de concours, il suivit la Course, et parti dernier, arriva premier avec une avance de 50 mètres.

Les amateurs, séduits par la douceur de la température du lundi, se rendirent sur le turf en nombre plus considérable que la veille.

A la première Course de vitesse, MM. *Pierre*, de Lyon, *Bobilier*, de Voiron, *Moore* et *Castera*, de Paris, se mettent en ligne. — Le signal est donné. — Dès le premier instant, M. *Pierre* dépasse de plusieurs longueurs ses concurrents et conserve cet avantage jusqu'au but. — M. *Moore* arrive second, et *Bobilier* troisième. Un accident arrivé au Véloce de M. Castera le mit, dès les premiers tours de roue, dans l'impossibilité de continuer la Course. On n'est pas toujours heureux! Cette mauvaise chance doit servir de stimulant à un grand cœur, et nous sommes sûrs de voir le champion parisien prendre une ample revanche dans les Courses prochaines.

La Course de tricycles, par sa nouveauté, a fort intéressé le public. Quoique ce genre de locomotion semble un peu lourd à côté du bicycle, je dois avouer que M. *Camus* manœuvre son instrument avec une vigueur peu commune. Il a franchi, malgré la montée de la piste, une espace de 900 mètres en 3 minutes 54 secondes, ce qui lui a valu le premier prix. — M. de L., sur un tricycle dont il est l'inventeur, est arrivé second à peu de distance.

Nous arrivons à la partie la plus attrayante du programme, la Course de dames. Le Comité lui avait gracieusement attribué trois prix; mais il ne s'est présenté pour concourir que deux personnes : mademoiselle *Olga* et miss *América*, que nous avons déjà eu l'occasion de voir à Chauny. Il y avait deux nationalités en présence : la Russie, sous les traits de mademoiselle Olga, dont le costume en velours noir garni de fourrures attirait tous les regards, et miss América, dont le nom me dispense de désigner la patrie. Bien des Vélocemen de ma connaissance ne possèdent pas l'énergie et les jarrets de mademoiselle Olga. Dès le premier tour, elle prend une avance considérable et la conserve jusqu'au but, bien que miss América ne manque ni d'adresse ni de vigueur.

La quatrième Course était réservée aux lauréats des deux journées. — *Hurrah for England!* M. *Johnson*, cette fois admis, arrive premier, après avoir parcouru un kilomètre et demi en 4 minutes.

On ne peut reprocher à l'organisateur de ces Courses qu'une politesse trop vive et trop indulgente.

Le Concours d'adresse marquait la fin du programme. MM. *Hirt* et *Pascaud* y ont déployé autant de grâce que de légèreté. M. *Pascaud*, surtout, est passé maître dans l'art de la voltige. Aussi le jury, fort embarrassé entre ces deux concurrents d'égale force, leur a-t-il accordé un premier prix « *ex æquo.* » La seconde médaille échoit à M. de *Milhdu* dont on connaît la souplesse; la troisième au jeune *Schmit*, déjà nommé.

On se réunit en dernier lieu au pavillon des concerts pour la distribution des médailles. — M. de Saint-Félix ouvre la séance en rappelant, dans une chaleureuse improvisation, le rapide essor de la Vélocipédie en France. Il remercie, au nom de tous les Vélocemen, MM. les membres du jury et du Véloce-Club. Les lauréats sont appelés au milieu des bravos, dans l'ordre que je viens d'indiquer, et tout le monde se sépare en gardant le meilleur souvenir de cette journée.

. . . .

. . . .

Après avoir organisé, sans aucune pensée de spéculation, les programmes du plaisir, les récréations honnêtes, les fêtes artistiques et scientifiques, notre administration, toujours soucieuse du vrai et du bien, taille une large part pour le pauvre, le malheur et l'infortune. — Dès notre entrée au Pré-Catelan, nous avons créé des fêtes de bienfaisance au profit des ouvriers cotonniers, au profit de la commune-modèle de Frotey-lès-Vesoulz, au profit des sociétés de secours mutuels du Bois de Boulogne, au profit de l'œuvre éminemment philanthropique des jeunes apprentis et ouvriers de la Ville de Paris, au profit des fraternelles sociétés des musiciens et des industriels, fondées par M. le sénateur baron Taylor, ce grand cœur au grand dévouement duquel cinq grandes associations d'artistes doivent leur existence, leur fortune et leur prospérité. — Oui, c'est à vous, monsieur Taylor, que la France doit cette gloire nouvelle. C'est votre esprit qui nous guide, votre ardeur qui nous anime, votre fermeté inébranlable qui nous soutient, écrivait avec justice, dans son rapport de 1866, M. Emile Réty. — Et comme votre foi dans votre œuvre n'a jamais cessé d'être pure, vive et entière, nous ne doutons pas que Dieu ne vous accorde la plus grande faveur qu'il puisse vous donner sur cette terre : la joie de voir toutes ces sociétés, filles de votre intelligence et de votre cœur, parvenir au même but : pouvoir consoler toutes les douleurs, soulager toutes les misères et assurer à tous leurs membres du pain et un asile pour leur vieillesse.

Nous avons tenu à honneur d'apporter notre modeste pierre à l'édification de cette œuvre de solidarité fraternelle.

Le Comité de l'association des artistes musiciens nous adressait, après l'un des grands festivals du Pré-Catelan, la lettre suivante :

Monsieur le directeur,

En plaçant sous le patronage de notre Association une des premières fêtes que vous organisez au *Pré Catelan*, et en abandonnant les bénéfices de cette fête à notre caisse de secours, vous avez donné un noble exemple dont le Comité ne saurait trop vivement vous remercier.

Merci, Monsieur, d'avoir bien voulu mettre au service de notre œuvre votre bienveillant concours; merci, pour la somme importante qui est entrée dans notre caisse, grâce à votre généreuse initiative; merci, au nom de tous; merci, en attendant que nous fassions connaître dans une assemblée générale ces nouvelles preuves de votre zèle et de votre dévouement, afin que nos confrères puissent payer en bravos la dette de reconnaissance que nous avons contractée envers vous.

Veuillez agréer, Monsieur, l'expression de notre considération la plus distinguée.

Suivent les signatures.

Baron J. TAYLOR, président. — A. BADET. — A. GOUFFÉ. — M. LEVY. — A. LÉON. — C. PRUNIER. — N. GAULD. — G. CHATENET. — DUFRENE. — DELOFFRE. — E. RETY. — E. DUBOIS. — RIGAULT. — DELZANT. — PRUNIER père, etc., etc.

Le rapport de 1865, après avoir rendu compte de nos grandes fêtes, disait :

Comme l'année dernière, M. le baron Taylor s'est consacré à l'organisation de ces concerts avec un dévouement infatigable. Il a obtenu ce qui est pour lui la meilleure des récompenses, le succès. Les six grandes solennités du Pré Catelan, données sous notre patronage, tant en 1863 qu'en

1864, ont produit pour notre société un bénéfice net de 4,978 fr. 70 centimes.

Nous avons trouvé dans les musiciens militaires l'appui le plus intelligent et le plus généreux. Depuis deux ans, nos confrères de l'armée prennent courageusement leur part dans ce travail en commun, qui sera toujours la plus féconde de nos ressources ; et c'est au nom de l'Association toute entière que nous les remercions de leur active et très-utile coopération. N'oublions pas dans notre gratitude le jeune Directeur, M. Saint-Félix, dont le dévouement à notre œuvre mérite tous nos éloges.

Et chaque année, jusqu'en 1870, fin de notre direction, nous nous sommes fait un devoir de renouveler ces fêtes de charité. Laissons encore parler les pièces authentiques ; puis nous mettrons en opposition les rapports du sieur Auguste Pissot.

M. le vicomte de Melun, président de l'œuvre des Apprenties et Jeunes Ouvrières de la Ville de Paris, nous faisait l'honneur de nous adresser la lettre suivante :

« Monsieur Saint-Félix, directeur du Pré-Catelan.

« Mon cher Monsieur,

« Au nom de notre œuvre, à laquelle vous avez bien voulu prêter un concours aussi intelligent que dévoué, je viens vous remercier, et personnellement vous prier d'agréer l'expression de mes meilleurs sentiments. Grâce à votre bonne direction, la fête des Ouvriers de la Ville de Paris a été des plus remarquables. Nos enfants ont passé au Pré-Catelan la plus agréable journée, et leurs parents se sont eux-mêmes autant amusés que leurs enfants. Cette journée-là marquera tout à la fois dans les annales des plaisirs honnêtes et de la bienfaisance.

« Nous sommes heureux, cher monsieur, de trouver des hommes comme vous, qui ont l'amour ardent du bien et qui, volontiers, font le sacrifice de leur talent et de leur temps pour coopérer au soulagement des classes malheureuses de la société.

« Recevez, cher monsieur, avec mes sentiments de gratitude, la nouvelle assurance de ma considération la plus distinguée.

« Vicomte de Melun. »

Après les deux fêtes successives que le *Pré-Catelan* organisa au profit de la commune modèle de Frotey-lès-Vesoul, création admirable due au dévouement de M. Guyard, nature d'élite qui ne vit que pour faire le bien de ses semblables, M. le duc de Morny, l'un des protecteurs de cette œuvre de fraternité et de civilisation, nous témoignait en ces termes sa satisfaction :

« Palais du Corps Législatif.

« Monsieur T. Saint-Félix, directeur du Pré-Catelan.

« Avec le zèle désintéressé qui distingue l'homme de cœur et d'initiative, vous avez bien voulu nous prêter votre intelligent concours pour l'organisation de la fête donnée au profit de la commune modèle de Frotey-lès-Vesoul; merci, monsieur, de cette preuve de dévouement à une œuvre de civilisation, qui tend à placer les communes de France dans l'état d'émancipation qu'elles doivent conquérir. Vous avez compris largement les principes de fraternelle solidarité qui nous unissent tous. La fête a été très-belle, et si la part revenant à la commune modèle de Frotey-lès-Vesoul a été relativement modeste, ce n'a été ni la faute des organisateurs, ni le manque de talent des artistes, mais bien l'inclémence d'un ciel pluvieux.

« Recevez, monsieur, l'expression de mes sentiments de haute considération.

« Duc de Morny. »

Il existe une Société de secours mutuels sous la dénomination de : « *Société de secours mutuels du Bois de Boulogne.* » Cette Société a pour but de venir en aide, en solidarisant l'épargne de tous, aux employés divers qui sont attachés au service des Promenades et Plantations de la Ville de Paris. Notre premier soin, en prenant possession du Pré-Catelan, fut de donner notre contribution à cette belle œuvre. Dès la première année, puissamment aidé par les efforts dévoués et intelligents de M. Barillet-Deschamps, le très-habile et très-honnête jardinier en chef de la capitale, nous nous imposâmes le devoir de rétablir la fête de saint Fiacre et de sainte Rose, et d'en verser les bénéfices dans la caisse de la Société du Bois de Boulogne.

Transcrivons, sans commentaire, la lettre si honorable pour nous, que M. Alphand, — génie éminent et noble cœur, — daigna nous écrire après les fêtes d'août et septembre 1865 :

« Monsieur T. Saint-Félix, directeur des Concerts du Pré-Catelan.

« Monsieur,

« Vous avez bien voulu verser à la caisse de la Société de secours du Bois de Boulogne la somme de cinq cents francs, produit de la fête donnée au *Pré-Catelan* par les jardiniers de la Ville de Paris. — Je vous remercie beaucoup, monsieur, tant en mon propre nom qu'au nom du Conseil de l'Administration de la Société, de cet acte de générosité, ainsi que du concours dévoué que vous avez apporté à l'organisation de cette fête.

« Agréez, monsieur, la nouvelle assurance de ma considération distinguée et dévouée.

« L'Ingénieur en chef,
« Président de la Société :
« ALPHAND. »

Les fêtes de bienfaisance se succèdent avec rapidité au Pré-Catelan ; et la foule, avide de plaisirs honnêtes, se presse dans ce parc plein de verdure et de fleurs. C'est par milliers que les amateurs de bonne musique se donnent rendez-vous dans ce beau jardin. Les illustrations de l'Institut, les compositeurs dont s'honore notre France artistique et littéraire, les professeurs du Conservatoire impérial, nos grandes dames et leurs toutes gracieuses familles, ravissants bébés qu'on adore, viennent en masse, apportant la joie et la vie dans cette magnifique partie du Bois, que vainement le conservateur Pissot a voulu transformer en Thébaïde.

Les succès des festivals militaires grandissent, les œuvres de bienfaisance obtiennent des résultats qui dépassent toutes les espérances, et nous recevons les témoignages les plus flatteurs. En voici la preuve :

« Paris, le 16 juin 1868.

« Monsieur T. Saint-Félix, directeur des Concerts du Pré-Catelan.

« Monsieur et cher Collègue,

« Vous avez bien voulu verser dans notre caisse de bienfaisance une somme de 418 francs, afin de compléter un bénéfice net de *quinze cents* francs pour notre association, à la suite de la belle solennité militaire qui a eu lieu au Pré-Catelan le 12 juin dernier.

« Le Comité des artistes musiciens apprécie comme il le doit cette preuve de sympathie, qui consolide si heureusement votre administration déjà si florissante. Il vient vous en témoigner sa reconnaissance au nom des infortunes dont vous contribuez ainsi à accroître les ressources, et vous prie, cher collègue, d'agréer l'expression de ses sentiments dévoués et distingués.

« Baron Taylor, command. de la Légion d'honn.,
« Président;

« Auber, directeur du Conservatoire; Berlioz, Ambroise Thomas, Bazin, Werimst, G. Banneux, Triébert, E. Jancourt, Kastner, Colin, Delzant, Prunier, J. Simon, L. Renie, Dufrène, Ermel, Ancessy, Delafontaine, A. Léon, Rignault, E. Héquet, C. Prunier. »

Nous croyons utile de transcrire la lettre que M. Roulleaux-Dugage nous écrivait le 8 novembre 1869; elle donne le mot de la fin. Elle tue les insinuations malveillantes des rapports du sieur Pissot :

Paris, ce 8 novembre 1869.

« Permettez-moi, Monsieur, en mon nom, comme en celui de MM. R. et Co, de vous remercier de l'accueil gracieux que vous avez bien voulu me faire ces jours d'exposition, et de la bienveillante attention que vous avez portée à notre Vélocipède à grande vitesse. — Amateurs, inventeurs et fabricants doivent vous savoir gré de la peine que vous prenez à organiser ces petites fêtes de la Vélocipédie, qui contribuent au plus haut point à faire progresser la fabrication.

« Pour ma part, monsieur, je serais heureux, si l'occasion s'en présentait, de vous témoigner ma reconnaissance.

« Agréez, monsieur, l'assurance de ma haute considération.

« Georges Roulleaux-Dugage. »

. . . .

Ce sont là nos titres de noblesse, et nous en sommes fier, monsieur le garde forestier Auguste Pissot !... Ils réduisent à néant vos mensonges, vos calomnies, vos rapports intéressés...et nullement intéressants.

Et cependant, monsieur le Conservateur, vous êtes arrivé à vos fins; vous avez pu tromper la religion de Monsieur le Préfet de la Seine... Que Bazile avait raison, lorsqu'il disait : « Calomniez, calomniez ; il en reste toujours quelque chose ! »

Non ! de votre calomnie il ne restera rien... Rien que la confusion pour vos piètres manœuvres... Nous voulons vous arracher le masque ; car il faut bien, Monsieur le conservateur du Bois, qu'une bonne fois on vous voit le visage à découvert.

RAPPORTS PISSOT :

29 septembre 1864.

« ..... Le but est d'attirer le public au *Pré-Catelan*... Monsieur Saint-Félix me paraît du reste en tout digne de la faveur qu'il sollicite; il a jusqu'alors rempli parfaitement tous ses engagements, il est prêt à faire tous ses efforts pour attirer le public, sans toutefois faire des dépenses exagérées qui ont amené la ruine de l'administration précédente. C'est une nature active, honnête et intelligente. »

18 *octobre* 1869.

« Je pense d'autant plus que la proposition de M. *Simon* (*sic*) peut être acceptée, que M. Saint-Félix, depuis qu'il s'est chargé de cette exploitation, me paraît avoir prouvé qu'il est incapable de la diriger. »

. . . .

. . . .

« Je le regarde donc comme incapable d'organiser quoi que ce soit, et mon avis est qu'il est grand temps de lui retirer cette concession, si on ne veut voir le Pré-Catelan complétement déserté par le public. »

A quelle époque le fonctionnaire Auguste Pissot écrivait-il la vérité ?

Etait-ce le 29 septembre 1864 ?...

Etait-ce le 18 octobre 1869 ?...

Comme dans notre dernière lettre, datée de novembre 1869, nous lui dirons :

— « Vous ne vous contentez plus d'être méchant, Monsieur le Garde Forestier ; vous êtes encore menteur. »

CONCLUSION

Dès le début de notre opuscule, nous avons sommairement indiqué le remède ; nous avons ensuite loyalement, et sans nous préoccuper des hommes ni des choses, fait connaître le mal, laissant toujours la parole aux faits et aux chiffres ; nous avons, sans passion aucune, arraché les masques, disant à tous leurs vérités ; nous avons montré, preuves en main, les abus, la fausseté des principes, les actes d'arbitraire, les mensonges et les incapacités ; sans hésiter, nous nous sommes imposé le devoir de découvrir toutes les plaies, de mettre en relief toutes les douleurs et toutes les souffrances cachées ; — car il faut aujourd'hui, ainsi que le disait avec autant d'énergie que d'autorité M. Jules FAVRE dans la séance du 27 janvier 1870, au Corps législatif :— « Il faut que personne ne soit dupe, ni nous, ni le pays, ni le gouvernement. »

Que ressort-il donc de cet exposé rapide, que compléteront les études successives faites sur le bois de Vincennes, sur les promenades des Champs-Élysées, sur les squares de Paris, sur le fleuriste de la Muette, sur les pépinières d'Auteuil et sur les parcs de Monceaux et des Buttes-Chaumont ?

Un douloureux enseignement et une utile leçon !...

Enseignement et leçon que devraient sérieusement méditer les Commissions extra-parlementaires, nommées pour étudier la nouvelle organisation municipale de la Ville de Paris, et pour préparer le projet de la loi de décentralisation, que réclame impérieusement la France entière.

Avec son bon esprit politique, dans la séance du Corps législatif du 26 février 1869, l'honorable M. Emile Ollivier, aujourd'hui ministre de la justice, affirmait que « toutes les réformes « seraient inutiles, le mal persisterait, tant qu'on n'aurait pas, à « Paris, substitué au Préfet et au conseil municipal, une autre « administration. »

Et l'honorable M. Josseau, convaincu, lui aussi, de cette grande vérité, écrivait, dans le remarquable exposé des motifs de son projet de loi, ayant pour objet d'enlever aux préfets la prési-

dence des conseils de préfecture : « Il est temps de prendre l'i-
« nitiative des réformes administratives, réformes moins bril-
« lantes peut-être, mais non moins utiles que les réformes poli-
« tiques, pour fonder en France une liberté durable et féconde. »

Dans toutes les couches de la société moderne, dans toutes les régions gouvernementales même, circule un souffle vivifiant de liberté. La régénération s'opère; aidons, dans la mesure de nos moyens, avec patriotisme, ce pénible travail d'enfantement qui doit donner à la France gloire et prospérité, qui doit inaugurer surtout le règne de la justice, de la concorde et de la liberté.

De ces principes découlent nos conclusions; elles sont rigoureuses, nécessaires, urgentes.

1° — Réformes municipales dans l'administration de la Ville de Paris.

2° — Organisation démocratique par le suffrage universel du conseil municipal, et nomination des maires par le peuple.

3° — Abrogation de l'art. 75 de la constitution de l'an VIII, qui, en accordant l'impunité aux fonctionnaires publics, crée une inégalité entre les citoyens français, et cela au mépris des principes de 1789.

4° — Promulgation d'une loi décentralisatrice, loi qui rendra aux communes de France leur vie propre, en les débarrassant des entraves administratives.

5° — Suppression immédiate des sinécures et surtout des employés incapables et inutiles, rouages administratifs qui grèvent déplorablement le budget sans profit aucun pour la chose publique.

Nous avons commencé notre travail en le plaçant sous la bienveillante protection des membres de la Commission municipale; nous voulons le finir en l'abritant sous la haute raison de M. le sénateur Henri CHEVREAU, préfet du département de la Seine, qui inaugura son entrée à l'Hôtel de ville par ces paroles démocratiques et libérales :

« Nous ne sommes tous, fonctionnaires publics, depuis le plus
« petit jusqu'au plus grand, sans exception, que les serviteurs
« de ceux qui ont besoin de nous..

« Quand un administré, si humble, si obscur qu'il soit, vient « ici, il a le droit d'être reçu, écouté, conseillé avec bienveil- « lance ; il faut qu'il parte satisfait, s'il a raison ; éclairé et con- « vaincu, s'il a tort. »

FIN.

Paris, avril 1870.

Le Parlement

Rédacteur en chef :

GRÉGORY GANESCO

BUREAUX :

11, rue du Faubourg-Montmartre

Les Manuscrits ne sont pas rendus

ABONNEMENTS

PARIS.....	Un mois	2 fr. 50
	Trois mois..........	7 50
	Six mois	15 »
	Un an	30

Directeur-Gérant :

ADRIEN BRAVAY

ANNONCES

CHEZ MM. DOLLINGEN ET SEGUY

Passage des Princes.

ABONNEMENTS

PROVINCE : .	Un mois	5 fr.
	Trois mois..........	10
	Six mois	20
	Un an..........	40

Paris : un numéro : **10** centimes. — Départements : **15** centimes.

Meaux. — Imprimerie A. COCHET.

www.ingramcontent.com/pod-product-compliance
Ingram Content Group UK Ltd.
Pitfield, Milton Keynes, MK11 3LW, UK
UKHW021645260726
13994UKWH00003B/1274

9 782329 426303